Erwin A. Schäffler

Eine verkannte Botschaft

Die Seligpreisungen in der Bergpredigt

videel

ISBN 3-89906-102-0

Schmiedestr. 13 - 25899 Niebüll
Tel.: 04661 - 900115, Fax: 04661 - 900179
eMail: info@videel.de
http://www.videel.de

Gesamtherstellung: videel, Niebüll

Umschlaggestaltung: Frank Davidsen, Leck
Seitenlayout: Michael Böhme, Neukirchen

Inhaltsverzeichnis

Zur Einstimmung

Die Seligpreisungen müßten wegen ihrer normativen Bedeutung wahrnehmbar den Glauben der Christen prägen und ihre zwischenmenschlichen Beziehungen bestimmen.

Das Entscheidende für das Christsein und das Unterscheidende des Christentums (von anderen Religionen) ist das Hauptgebot der Liebe (Mt 22,37-39), die als Gottesliebe, als Nächstenliebe – bis zur Feindesliebe (Mt 5,44)- und als Selbstliebe wirksam werden soll.

Die Seligpreisungen zeigen, wie die Nächstenliebe verwirklicht werden soll und machen deutlich, daß die Seligkeit (als Ziel des Glaubens) nur durch Dienste am Nächsten erlangt werden kann.

Die Seligpreisungen:

[3] Er sagte:

Selig, die arm sind vor Gott;
denn ihnen gehört das Himmelreich.

Jes 61,1

Jes 61,2

[4] Selig die Trauernden;
denn sie werden getröstet werden.

[5] Selig, die keine Gewalt anwenden;
denn sie werden das Land erben.

Ps 37,11

[6] Selig, die hungern und dürsten nach
der Gerechtigkeit;
denn sie werden satt werden.

[7] Selig die Barmherzigen;
denn sie werden Erbarmen finden.

18,33

[8] Selig, die ein reines Herz haben;
denn sie werden Gott schauen.

Ps 24,3f

[9] Selig, die Frieden stiften;
denn sie werden Söhne Gottes genannt werden.

[10] Selig, die um der Gerechtigkeit willen
verfolgt werden;
denn ihnen gehört das Himmelreich.

1 Petr 3,14

[11] Selig seid ihr, wenn ihr um meinetwillen
beschimpft und verfolgt und auf alle
mögliche Weise verleumdet werdet.

10,22, Apg 5,41;

1 Petr 4,14

[12] Freut euch und jubelt: Euer Lohn im Himmel
wird groß sein. Denn so wurden schon vor euch
die Propheten verfolgt.

23,30; Hebr
11,32-38

(Mt 5,3-12)

Vorwort

Diese Ausarbeitung war nicht geplant und ist gewissermaßen durch die geistige Kraft der Seligpreisungen entstanden.

Mir wurde der Vorschlag gemacht, vor einem Gesprächskreis ein Referat über den christlichen Glauben zu halten. Ohne zu zögern habe ich zugesagt und als thematische Grundlage spontan die Bergpredigt gewählt. Meine Wahl fiel auf die Bergpredigt, weil sie die Orientierung und den Maßstab für die Glaubensverwirklichung bildet.

Meine Überlegungen zur Bergpredigt nahmen bei den Seligpreisungen ihren Anfang, bei denen ich auf eine Reihe neuer und gewichtiger Aspekte stieß. Zugleich wurde mir bewußt, daß die Bedeutung der Seligpreisungen viel größer ist, als die wahrnehmbare, nicht gerade beeindruckende Wertschätzung von Seiten der Kirche vermuten läßt. Je mehr ich mich mit den Seligpreisungen befaßte, um so größer wurde mein Interesse, die ganze Breite und Tiefe ihres Inhalts auszuloten.

Meine Beschäftigung mit diesem Thema hat zur Korrektur 'weitergegebener' Vorstellungen geführt und vor allem neue und befriedigende Erkenntnisse ergeben. So ist anstelle des Manuskriptes für die Bergpredigt -das ich dann später erstellt habe- diese Ausarbeitung über die Seligpreisungen zustande gekommen.

Die vorliegende Deutung der Seligpreisungen ist nichts anderes als Ausdruck meines Glaubensbewußtseins, das in dieser Form als Glaubenszeugnis wirkt. Im Hinblick auf meine Ausbildung, meine Erfahrungen und meinen Status, sehe ich den Glauben -abgesehen von Grundsätzlichkeiten- nicht im Lichte der Lehre, sondern als Orientierung und Maßstab für die Lebensgestaltung. Die kritischen Züge, die bisweilen in meinen Ausführungen anklingen, haben mit Bezug auf

Forderungen Jesu nur Unterlassungen zum Inhalt, wodurch sie zumutbar werden dürften.

Ich hoffe, daß diese Hinweise zum besseren Verständnis meiner Ausarbeitung beitragen.

Die Bedeutung der Seligpreisungen kann wie folgt zusammengefaßt werden:

- Der Glaube soll zur Seligkeit führen.
- Die Seligpreisungen, die ein wichtiger Teil des Glaubensguts sind, weisen den Weg zur Seligkeit und vermitteln eine Ahnung ihrer Wirklichkeit.
- Wenn die Seligpreisungen die Verhaltensweise der Christen nicht bestimmen, erfüllt der Glaube nicht seinen Zweck.
- Ein Glaube, der seinen Zweck nicht erfüllt, weil die Seligkeit verfehlt wird, ist – logisch gefolgert und hart formuliert–, nichts anderes als tot (Jak 2,17;26) und damit unnütz.
- Ein unnützer Glaube ist mangels wesenhafter Auswirkung kein Glaube und verdient diesen Namen nicht.

Der Weg zur Seligkeit verläuft offensichtlich in eine andere Richtung als bisher gewiesen wurde und wird. Seit altersher wird die Frömmigkeit als *DER* Weg bezeichnet, der zur Seligkeit führt. In den Seligpreisungen ist von kultischen Handlungen, frommen Übungen, fürwahrhalten und Gehorsam weder direkt noch indirekt die Rede. Sie haben vielmehr Verhaltensweisen zum Inhalt, die die zwischenmenschlichen Beziehungen gestalten sollen. Diese Verhaltensgrundsätze widerspiegeln die wichtigsten Wirkweisen des Hauptgebots der (Nächsten)Liebe. Damit soll nichts gegen die Frömmigkeit gesagt sein, sondern nur angemerkt werden, daß sie allein zur Erlangung der Seligkeit nicht genügt.

Die Seligpreisungen sind wichtige Aussagen Jesu und haben für die Bildung und Verwirklichung des Glaubens größte

Bedeutung. Es ist daher mehr als verwunderlich, daß sie in der Verkündigung und insbes. in der Glaubensweiterbildung nicht häufig, eindringlich und ausführlich behandelt werden. Die gleiche Feststellung gilt für die übrigen Teile der Bergpredigt. Folgende Beispiele können als repräsentativ gewertet werden:

"Der Katechismus der Katholischen Kirche" widmet zwar 3 1/2 Seiten (460-463) den Seligpreisungen. Die Ausführungen sind aber so allgemein, abstrakt und fromm gehalten, daß sie für eine christliche Lebensgestaltung keine Hilfe zu bieten vermögen. Die bescheidene Darstellung der Seligpreisungen bildet einen krassen Gegensatz zu ihrer Bedeutung.

Die Vorstellung Karl Rahners vom Glauben wird mehr von der kirchlichen Lehre als von den Worten Jesu geprägt. Das "ausführliche(s) Inhaltsverzeichnis" (S. 441-448) zu seinem "Grundkurs des Glaubens - Einführung in den Begriff des Christentums" im Umfang von 440 Seiten enthält keinen Hinweis auf die Seligpreisungen oder die Bergpredigt.

Hans Küng geht in seinem Buch "Christsein" (676 Seiten) nicht auf die Seligpreisungen ein. Die Bergpredigt hat er nicht systematisch dargestellt bzw. erläutert, ihren Sinn aber erklärt (S.235-238).

Je mehr die Seligpreisungen geistig erfaßt, verinnerlicht und ernstgenommen werden, um so stärker wird das Glaubensverständnis von der Nächstenliebe geprägt. Dieses Glaubensverständnis würde sich auch auf das Kirchenverständnis auswirken, weil die Kirche den Glauben als Bekenntnis und Zeugnis erfahrbar machen soll. Hier besteht ein unübersehbares Defizit, weil die Grundaufgaben der Kirche liturgisch einseitig und damit unausgewogen sind. Unter dieser Unausgewogenheit leidet die Glaubwürdigkeit und damit Wirksamkeit der Kirche.

Auch im Lukasevangelium sind Seligpreisungen (Lk 6,20-26) im Rahmen der sog. Feldrede (Lk 6,20-49) enthalten. Es handelt sich hier um eine parallele Darstellung zum Matthäus-Evangelium, wenn auch nach Inhalt und Umfang beträchtliche Unterschiede bestehen.

Auf die Lukasversion gehe ich in meinen Ausführungen – auch vergleichsweise – nicht ein. Die Seligpreisungen von Lukas sind als Tröstung an die Armen gerichtet und werden durch Drohungen an die Reichen ergänzt. Matthäus hingegen zielt auf eine Änderung der ungerechten Zustände. Seine Seligpreisungen sind nicht nur Tröstung, sondern vor allem Grundsätze für zwischenmenschliche Beziehungen und Appelle an eine Verhaltensweise, die den Willen Gottes erfahrbar machen. Für die Glaubensbildung und Lebensgestaltung sind die Seligpreisungen nach Mt daher viel ergiebiger.

Ich habe mehrere Ausgaben des Neuen Testamentes zum Textvergleich herangezogen, um eventuelle Nuancen in der Übersetzung festzustellen. Durch vergleichen der verschiedenen Übersetzungsvarianten kann die Gefahr einer einseitigen oder zu engen Deutung vermieden werden. Dabei gilt es noch zu bedenken, daß das Griechische den Ausgangstext und das Aramäische den unauffindbaren Urtext bildet.

In meiner Ausarbeitung zitiere ich häufig und z.T. ausgiebig Pinchas Lapide (+1997), der als jüdischer Theologe, Religionswissenschaftler und Neutestamentler bekannt wurde. Lapide war als Institutsleiter an der Bar-Ilan-Universität in Israel tätig und nahm Gastprofessuren an theologischen Fakultäten in Deutschland und in der Schweiz wahr. Er schrieb Bücher zu Problemen des Neuen Testamentes und zum jüdisch-christlichen Glaubensverständnis. Die Ausführungen von Lapide zu den Seligpreisungen bieten entwicklungsfähige Ansatzpunkte für weiterführende Überlegungen. Sie lassen ihre ins Alte Testament reichenden Wurzeln erkennen und widerspiegeln sprachliche Nuancen, die sich bei der Rückübersetzung von dem griechischen Ausgangstext in den aramäischen bzw. hebräischen Urtext herausstellen. Die Erklärung der Seligpreisungen von Lapide erreichen eine Tiefe, die wohl nur von der jüdischen Ausgangsbasis her möglich ist.

Die Seligpreisungen bilden ein Thema, das geistig nicht ausgelotet werden kann und für eine Darstellung unerschöpflich ist. Ich habe versucht, meine Erkenntnisse von den Seligpreisungen so zu gliedern, daß einerseits eine Übersicht gewonnen werden kann und sich andererseits meine Gedankengänge nachvollziehen lassen. Durch die Gliederung ergeben sich Verbindungsstellen, die, wenn auch aus verschiedener Sicht, die tragenden Elemente der Seligpreisungen immer wieder erkennen lassen. Sie erscheinen zwar als Wiederholungen, sind aber Übergänge und Ergänzungen und tragen zur Vertiefung bei.

Es wäre erfreulich, wenn den Leserinnen und Lesern beim Nachdenken über die Seligpreisungen die gleiche geistige Bereicherung zuteil würde, die ich bei der Ausarbeitung dieser Darstellung erfahren habe.

Eine verkannte Botschaft
Die Seligpreisungen in der Bergpredigt

Die Seligpreisungen können als Grundsatzprogramm der Bergpredigt bezeichnet werden. Alle Weisungen der Bergpredigt sind Konsequenzen, Erklärungen oder Beispiele, die der Verdeutlichung und Verwirklichung der Seligpreisungen dienen. Die Bedeutung der Seligpreisungen kommt dadurch zum Ausdruck, daß sie wie eine Präambel die Bergpredigt einleiten, sie aber auch zusammenfassen.

Ohne Ausnahme sind alle Seligpreisungen direkt oder indirekt auf aktive Verhaltensweisen ausgerichtet, die sich eindeutig auf die Gestaltung der zwischenmenschlichen Verhältnisse beziehen. Diese Verhaltensweisen -die die Menschen mit ihren Problemen in den Mittelpunkt stellen- können als Ausdruck der Nächstenliebe charakterisiert werden, die den Inhalt des Hauptgebots bildet. Wo das Hauptgebot verwirklicht wird, ist das Himmelreich ansatzweise erfahrbar.

Die aufgezeigten Zusammenhänge machen deutlich, welch hohen Stellenwert die Seligpreisungen hinsichtlich des Hauptgebots und der Verkündigung Jesu vom Himmelreich einnehmen.

Die Seligpreisungen können auch als Relativierung des (Opfer)Kults betrachtet und damit als Kritik an der religiösen Praxis bewertet werden. Keine Seligpreisung bezieht sich auf die den Juden so wichtig gewesene Opferpraxis, die das vielseitigste Kommunikationsmittel für die Verbindung mit Jahwe bildete. Daraus ergeben sich schwerwiegende Folgerungen. Wenn der (Opfer)Kult für Jesus nicht erwähnenswert war, legt Gott auf derartige Äußerlichkeiten keinen Wert und findet daran keinen Gefallen.

Es verbleibt das Fazit, daß sich die Menschen falsch verhalten, wenn sie von Gott eine unzutreffende Vorstellung haben, bzw. sich gemacht haben.

Die angedeutete Problematik besteht auch heute noch für die Kirche genau so wie die Verbindlichkeit der Seligpreisungen.

Die Seligpreisungen enthalten wichtige Aspekte der Botschaft Jesu vom Himmelreich in komprimierter Form. Sie haben grundsätzlichen Charakter, gelten daher für alle Zeiten und haben teilweise einen ganz konkreten Bezug zu der politischen Situation und damit zu den gesellschaftlichen Verhältnissen z. Z. Jesu. Die Seligpreisung der Trauernden, der Sanftmütigen und der Friedenstifter war die Antwort Jesu auf die Herausforderungen seiner Zeit. Der Freiheitswillen der Juden und ihr religiöser Eifer vertrugen sich schlecht mit dem Verhalten der römischen Besatzungsmacht. Die Folge waren Auseinandersetzungen mit den Römern, bei denen die Juden in ihrer aussichtslosen Situation immer den Kürzeren ziehen mußten.

Die gesellschaftlichen Verhältnisse sind heute völlig anders. Trotzdem haben die Seligpreisungen nicht das Geringste ihrer Aktualität eingebüßt. Es geht nur darum, das in seiner Zielsetzung unveränderliche Prinzip in seiner Anwendung an die sich immer ändernden gesellschaftlichen Verhältnisse anzupassen.

Die Probleme der Menschen hat der Fortschritt nicht gelöst, sondern nur verlagert und auf manchen Gebieten sogar verschärft.

Die Seligpreisungen sind kein Sozialprogramm für die anonyme Gesellschaft, sondern Grundsätze für die Gestaltung der zwischenmenschlichen Beziehungen, die die Menschen in konkreten Situationen auch verwirklichen können. Je mehr die Menschen die Botschaft Jesu vom Himmelreich ernstnehmen, um so größer sind die Chancen für die Verwirklichung der Seligpreisungen. Die Bemühungen müssen schon im Familienleben einsetzen und in allen Lebensbereichen fortgesetzt werden. Dann entsteht die Möglichkeit, daß mit der Zeit weitere und größere Gesellschaftsbereiche von dem Geist der Seligpreisungen auch erfaßt werden. Wenn die

Christen den Seligpreisungen nicht die ihnen zukommende große Bedeutung einräumen, bleiben sie eine Utopie, die nicht zu einer Chance für eine positive Veränderung der Gesellschaft wird. Dieses Versäumnis sollte die Kirchen und insbes. die Amtsträger beunruhigen und sie zu einer Bestandsaufnahme ihrer Aufgaben, Prioritäten und Verhaltensweise veranlassen.

Die Humanwissenschaften und ihre praktische Anwendung haben heute einen Entwicklungsstand erreicht, der allen menschlichen Problemen eine Lösung zu bieten vermag. Trotzdem haben die zwischenmenschlichen Konflikte ein früher unvorstellbares Ausmaß erreicht. Erinnert sei beispielhaft an die Ehescheidungen, die einst zu den Ausnahmen gerechnet wurden und heute zu den Selbstverständlichkeiten zählen, die von der Gesellschaft akzeptiert werden. Daraus ergibt sich, daß die Wissenschaft die an sie gerichteten Erwartungen nicht zu erfüllen vermag. Die Seligpreisungen hingegen zeigen Lösungsansätze auf, die zwar hohe Anforderungen an den guten Willen stellen, dafür aber viel wirksamer sind.

Im Mittelpunkt dieser Darstellung steht der Inhalt der Seligpreisungen, der z.Z. der Bergpredigt aktuell war, heute noch ohne Einschränkung gültig ist und auch in aller Zukunft seine Bedeutung nicht im geringsten verlieren wird. Voraus geht eine Deutung der Schlüsselworte, die den Gehalt der Seligpreisungen direkt oder indirekt prägen. Den Abschluß bilden Gedanken über die Bedeutung der Seligpreisungen für den Glauben und die Kirche, die für ihre Verwirklichung verantwortlich ist.

1 Schlüsselworte

Die Seligpreisungen werden von den Worten "selig", "Gerechtigkeit" und "Himmelreich" geprägt. Da diese Worte mehrdeutig sind und ihr Verständnis den geistigen Zugang zu den Seligpreisungen erleichtert, ist eine Deutung angebracht.

1.1 Selig

Selig ist nicht nur mehr, sondern auch etwas anderes als glücklich. Was selig ist und Selige sind, kann letztlich nur erahnt werden. Die Seligpreisungen bilden hierfür Ansatzpunkte.

1.1.1 Etwas anderes als glücklich

Glück ist etwas Weltliches. Es verkörpert bei aller Wertschätzung weltliche, d.h. gefährdete Eigenschaften. Die Sprichwörter als formelhafte Erfahrungen haben u.a. die Zufälligkeit, Zweifelhaftigkeit und Zerbrechlichkeit des Glücks zum Inhalt. So bringt z.B. Glück im Spiel oft Unglück ins Leben. Man kann von einer Schizophrenie des Glücks reden, weil genaugenommen Glück haben und glücklich sein nicht das gleiche ist.

"Selig" hingegen ist die Folge von Verhaltensweisen aus dem Glauben, die Gott wohlgefällig sind. "Selig" hat eine Tradition, die ins Alte Testament zurückreicht. Der Psalter beginnt mit "selig" und enthält eine Reihe von Seligpreisungen, von denen folgende einen Eindruck vermitteln sollen:

- "Selig der Mann, der nicht wandelt im Rat der Gottlosen" (Ps 1,1).
- "Selig der Mann, der sich des Schwachen annimmt" (Ps 41,1).
- "Selig, der barmherzig ist und gerne leiht und das Seine tut, wie es recht ist" (Ps 112,5).

"Fest steht" für Pinchas Lapide, daß das hebräische "aschré" "nur dürftig" ins Griechische und Lateinische übertragen werden kann, worunter die darauf beruhenden Übersetzungen verständlicherweise leiden. Für ihn ist das Wort, das als "selig" überliefert wird, ein seinem Wesen nach zeitloser Ausruf, in dem die Zweiteilung von jetzt und nachher, von irdischem und künftigem Leben gleichsam aufgesogen wird (1). P. Lapide hält daher "glückselig" anstatt (nur) "selig" für die sinn-nächste Übersetzung, weil sie "sowohl ein Glücksgefühl als auch die gottgegebene Seligkeit zum Ausdruck bringt" (2).

Für die "Seligkeit" gilt sinngemäß die gleiche Kurzformel wie für das "Himmelreich": "Doch schon - noch nicht".

Die Seligkeit beginnt bereits auf Erden, was von der Zusage begründet wird, die in den "Seligpreisungen" zum Ausdruck kommt. Ihre Vollendung erfolgt im Himmelreich. Eine Ausnahme bilden die "Sanftmütigen", die "das Land (im Diesseits) erben".

Wer sich durch sein Verhalten eine "Seligpreisung" gewissermaßen verdient, ist "selig". Seligkeit ist sowohl begründeter diesseitiger Trost als auch jenseitige Gewißheit. "Selig" ist daher eine unüberbietbare und unvorstellbare Steigerung von glücklich. Selig ist aber auch ein Zustand, der vom Glauben geschaffen werden soll.

Wenn der Glauben nicht zur Seligkeit führt, verfehlt er seinen Sinn und verdient diesen Namen nicht.

1.1.2 Die Seligen

Die Seligpreisungen bestehen aus zwei Teilen, von denen der erste Teil die Seligpreisung darstellt. Sie besagt, wer selig ist, bzw. wie die Seligkeit erreicht werden kann. Zu den Seligen zählen:

– 1 "die arm sind vor Gott", (auch die geistig/geistlich Armen)
– 2 "die Trauernden",

– 3 "die keine Gewalt anwenden" (auch die Sanftmütigen),
– 4 "die hungern und dürsten nach der Gerechtigkeit",
– 5 "die Barmherzigen",
– 6 "die ein reines Herz haben",
– 7 "die Frieden stiften",
– 8 "die um der Gerechtigkeit willen verfolgt werden" und
– 9 "die um meinetwillen beschimpft und verfolgt und auf alle mögliche Weise verleumdet werden".

Die obigen Beispiele lassen erkennen, daß *die* Menschen selig werden, die (mit Ausnahme der Trauernden) den Willen Gottes erfüllen, also Gerechte sind. Sie machen durch ihr gottgefälliges Verhalten das Himmelreich anfanghaft auf Erden erfahrbar.

Die Frage drängt sich auf, welches Schicksal den Menschen beschieden ist, die nicht zu den Seligen gerechnet werden können.

Die Folgerung liegt nahe, daß –mit Blick auf die Seligpreisungen– die Menschen durch ihr Verhalten in Selige und Unselige eingeteilt werden können. In den meisten Seligpreisungen widerspiegelt sich das Hauptgebot der (Nächsten)Liebe. Wer daher das Hauptgebot nicht erfüllt, verhält sich nicht nach Maßgabe der Seligpreisungen und kann nicht selig werden.

Im Weltgericht (Mt 25,31-46) werden die Menschen, die nicht Barmherzigkeit als Inbegriff des Hauptgebots geübt haben, der ewigen Pein überantwortet. Unterlassene Nächstenliebe, deren Erscheinungsformen den Inhalt der Seligpreisungen bilden, muß als Mißachtung des Hauptgebots und Versagen im Glauben bewertet werden.

1.1.3 Seligkeit

Der zweite Teil der Seligpreisungen ist nicht nur eine Verheißung, sondern auch die Angabe, was "selig" ist.

Demnach ist Seligkeit:

– 1 Besitz des Himmelreichs,
– 2 (von Gott) "getröstet werden",
– 3 "das Land erben" (auch das Land besitzen),
– 4 "satt werden" von Gerechtigkeit,
– 5 "Erbarmen finden" vor Gott,
– 6 "Gott schauen",
– 7 (von Gott) "Söhne Gottes genannt werden",
– 8 das Himmelreich gehören,
– 9 der "Lohn im Himmel wird groß sein."

Die Seligkeit ist offensichtlich nicht von gleicher Art. Die Versuchung mag naheliegen, die verschiedenen Arten zu bewerten und das Ergebnis in einer Hierarchie der Seligkeiten darzustellen. Damit würde im Rückschluß auch eine Bewertung der ihnen zugrundeliegenden Verhaltensweise vorgenommen. Nur, weltliche Kriterien vermögen die Seligkeiten nicht zu erfassen. Alle darauf ausgerichteten Spekulationen würden sich entweder in logischen Konstruktionen oder in schlichtem Wunschdenken erschöpfen.

Die Feststellung, daß die Seligkeit wegen ihrer verschiedenen Beschreibung auch verschieden ausgeprägt ist oder sein kann, wird daher nicht vertieft. Letztlich liegt die Seligkeit nicht in ihrer Art, sondern in ihrem Sein.

Jesus hat was "selig" ist, nicht definiert, sondern durch Beispiele in den Seligpreisungen veranschaulicht, die mit "Teilhabe am Himmelreich" zusammengefaßt werden können. Nach dem Katechismus der Katholischen Kirche ist Seligkeit "Anteil 'an der göttlichen Natur' (2 Petr. 1,4) und am ewigen Leben", sowie Eintritt des Menschen in die Herrlichkeit Christi und in die Wonne des dreifaltigen Lebens (3). "Solche Seligkeit übersteigt den Verstand und die Kräfte des Menschen. Sie wird durch die Gnade Gottes geschenkt. Darum nennt man sie übernatürlich, wie die Gnade, die den Menschen auf den Eintritt in die Freude Gottes vorbereitet" (4).

1.2 Gerechtigkeit

Wenn in der Bibel von Gerechtigkeit die Rede ist, stellt sich die Frage, welche gemeint ist.

Vereinfacht ausgedrückt, kann folgende Unterscheidung getroffen werden. Die weltliche Gerechtigkeit kann für Christen nicht relevant sein, weil sie für den Glauben keine bewegende Kraft darstellt. Die Gerechtigkeit Gottes ist seine auf verschiedene Weise wirkende Liebe. Die Gerechtigkeit im Judentum ist die Einhaltung des Gesetzes als Treue zum Bund, den Gott mit dem Volk Israel nach dem Auszug aus Ägypten geschlossen hat. Gerechtigkeit im Sinne Jesu ist die Erfahrbarkeit der Liebe Gottes durch Verwirklichung des Hauptgebots der Liebe durch die Menschen. Trotz der grundsätzlichen Übereinstimmung zwischen dem Judentum und Jesus in der Gerechtigkeit im Hinblick auf den Willen Gottes, bestehen doch Unterschiede in Deutung und Ausübung, die der Version von Jesus ein eigenes Gepräge geben.

1.2.1 Weltliche Gerechtigkeit ist unzulänglich

Für Christen ist die weltliche Gerechtigkeit schon aus Gründen ihrer Entstehung unzulänglich.

Die Gesetze, die Grundlage der Gerechtigkeit bilden, werden in demokratischen Staaten von parlamentarischen Mehrheiten beschlossen. Sie sind reine Menschenwerke und machen Menschen zum Maß aller Dinge. Zweck und Inhalt der Gesetze werden von Zweckmäßigkeiten und Interessen bestimmt, die nicht dadurch ethisch vertretbar werden, daß eine Mehrheit darüber befindet. Im übrigen sind weltliches Recht und religiös fundierte Moral nicht mehr identisch. Die gesellschaftliche Auffassung und damit auch das Rechtsempfinden wandelt sich im Laufe der Zeit, was Gesetzesänderungen zur Folge hat. Diese Veränderlichkeit, die als Fortschritt gepriesen wird, kann vom religiösen Standpunkt aus als moralische Unbeständigkeit bewertet werden.

Aus den aufgeführten Gründen kann und darf für Christen die weltliche Gerechtigkeit nicht die letzte Instanz sein. Sie ist höchst unvollkommen und wirkt als Ersatz für ein Verhalten aus dem Geist der Seligpreisungen. Weltliches Recht verdient daher nur die Bewertung "ethisches Minimum", obwohl es eines der höchsten menschlichen Werte darstellt. Recht und Gerechtigkeit sind wesensbedingt relativ, weil sie sich trotz korrekter Anwendung als moralisches Unrecht auswirken können. Die grundsätzliche Unzulänglichkeit der weltlichen Gerechtigkeit liegt aus der Sicht der Seligpreisungen darin, daß sie "nur" begangenes Unrecht bestraft.

Christen, die "gerecht" sein wollen, müssen nicht nur Böses unterlassen, sondern sollen auch Gutes tun. In "sondern auch" liegt der grundsätzliche Unterschied zwischen weltlicher und göttlicher Gerechtigkeit nach der Botschaft Jesu.

1.2.2 Gerechtigkeit Gottes

Gott ist gerecht, wie schon die Psalmen zum Ausdruck bringen:

- "Denn gerecht ist der Herr, und Gerechtigkeit liebt er; Rechtschaffene dürfen sein Antlitz schauen" (Ps 11,7).
- "Gerechtigkeit und Recht sind deines Thrones Stütze, Huld und Treue treten vor dich hin" (Ps 89,15).
- "Gerecht bist du, Herr, und richtig sind deine Urteilssprüche" (Ps 119,137).

Was die Gerechtigkeit Gottes ist und wie sie sich auswirkt, hat Jesus nicht erklärt, bzw. definiert. In den Gleichnissen vom Himmelreich hat er aber das Verhalten Gottes zu den Menschen eindrucksvoll dargestellt. Im Vergleich zum menschlichen Rechtsempfinden ist die Gerechtigkeit Gottes aber keine Gerechtigkeit, sondern etwas völlig anderes, ja sogar offenkundige (menschliche) Ungerechtigkeit.

Sehr anschaulich wird die Gerechtigkeit Gottes im Gleichnis von den Arbeitern im Weinberg (Mt 20, 1-16)* geschildert, das wie folgt skizziert werden kann:

"Denn mit dem Himmelreich ist es wie mit einem Gutsbesitzer, der früh am Morgen sein Haus verließ, um Arbeiter für seinen Weinberg anzuwerben." Um die dritte, sechste, neunte sowie elfte Stunde ging er nochmals aus und heuerte Arbeitslose an.

Mit den Arbeitern, die er als erste verdingte, einigte er sich auf einen Taglohn von einem Denar. Zu den anderen sagte er: "Ich werde euch geben, was recht ist." (Mt 20,4). Am Abend erhielten alle -in der Reihenfolge von dem letzten zu dem ersten Arbeiter- einen Denar als Lohn.

Als die Ersten am Schluß an die Reihe kamen, meinten sie, mehr zu erhalten, weil sie auch länger (12 Stunden) gearbeitet hatten. Da sie aber nicht mehr erhielten, murrten sie über den Gutsherrn wegen der Unverhältnismäßigkeit von Lohn und Leistung, die sie offensichtlich als Ungerechtigkeit empfanden, was sie nach weltlichen Normen auch ist.

"Da erwiderte er einem von ihnen: *Mein Freund, dir geschieht kein Unrecht. Hast du nicht einen Denar mit mir vereinbart? Nimm dein Geld und geh. Ich will dem letzten ebensoviel geben wie dir. Darf ich mit dem, was mir gehört nicht tun, was ich will?" (Mt 20,13-15).*

Die Gerechtigkeit Gottes kann auf dem Hintergrund dieses Gleichnisses wie folgt gedeutet werden:

– Gott gibt den Menschen Chancen zu ungewöhnlichen Zeiten, zu denen sie keine Hilfe mehr erwarten. Erforderlich ist die Hoffnung –oft wider alle Erfahrung– unmöglich erscheinende Zufälle zu erwarten.

*siehe Ende von Anmerkungen

– Gott gewährt den Menschen in seiner Güte viel mehr als sie verdienen.

Für Gott zählt nicht die Leistung der Menschen, sondern ihre Bedürftigkeit.

Aus dem Verhalten Gottes kann gefolgert werden, daß *seine Gerechtigkeit* das Heil der Menschen bewirkt.

Das dargestellte Gleichnis schließt mit dem vielsagenden Satz: *"So werden die Letzten die Ersten sein und die Ersten die Letzten"* (Mt 20,16). In diesen Worten kommt der grundlegende Unterschied zwischen menschlichen Werten und göttlicher Bewertung sowie zwischen Welt und Himmel (Reich) zum Ausdruck. Recht ist eine Erfindung der Menschen und wegen ihrer Unvollkommenheit ein Ersatz für Nächstenliebe.

Weil Gott vollkommen ist, kann für ihn Recht in weltlichem Sinn, selbst in höchster Ausprägung, kein Thema sein. Die Menschen rufen nach Gerechtigkeit und Gott will Barmherzigkeit, Güte und Versöhnung.

1.2.3 Gerechtigkeit im Judentum

Unter Gerechtigkeit wird bei den Juden die möglichst genaue Einhaltung des Gesetzes verstanden, das in der Tora, den fünf Büchern Mose (38) niedergelegt ist.

Aus den zehn Geboten, die Mose auf dem Sinai für das auserwählte Volk aufgetragen wurden, sind 613 Gebote und Verbote abgeleitet worden. Die darin enthaltenen Weisungen haben eine Ähnlichkeit mit weltlicher Gesetzlichkeit, sind aber viel engmaschiger. Das Gesetz umfaßt alle Lebensbereiche mit bis in Einzelheiten reichenden Bestimmungen. Da es von Gott stammt, muß es sehr ernstgenommen und peinlich genau erfüllt werden. Trotzdem wurde das Gesetz oft nur äußerlich gehalten, weil das notwendige Verständnis fehlte.

Z.Z. Jesu kam dem Sabbatgebot größte Bedeutung zu und es herrschte die Überzeugung, daß es so schwer wiegt wie alle anderen Gottesgebote zusammen. Aus den ursprünglich 39 verbotenen Hauptarbeiten am Sabbat wurden im 3. Jahrhundert von Schriftgelehrten Ableitungen vorgenommen, sodass sich schließlich 1521 verbotene Sabbatarbeiten ergaben (5).

"*Das Gesetz hat sich von Gott gelöst und ist zum eigentlichen Gegenüber des Menschen geworden. Anstatt die Begegnung mit Gott zu bewirken, droht es sie zu vereiteln*" (6).

Diese Fehlentwicklung der Gesetzespraxis war sicher der Grund für die Warnung Jesu an seine Jünger: "Wenn eure Gerechtigkeit nicht weit größer ist als die der Schriftgelehrten und Pharisäer, werdet ihr nicht in das Himmelreich kommen" (Mt 5, 20). Die Orientierung für die Verhaltensweise soll nicht die übliche Gesetzespraxis, sondern die Liebe Gottes sein:

"*Ihr sollt also vollkommen sein, wie es auch euer himmlischer Vater ist.*" (Mt 5,48).

1.2.4 Gerechtigkeit im Sinne Jesu

Für Jesus ist Gerechtigkeit die Erfüllung des Willens Gottes, der im Hauptgebot der Liebe (Mt 22,37-39) zusammengefaßt ist. Wer Barmherzigkeit übt (S. 2.5) ist ein Gerechter. Im Weltgericht* sagt Jesus zu denen, die menschliche Not gelindert haben: "*Kommt her, die ihr von meinem Vater gesegnet seid, nehmt das Reich in Besitz, das seit Erschaffung der Welt für euch bestimmt ist*", (Mt 25,34). An anderer Stelle werden die Barmherzigen ausdrücklich "Gerechte" genannt (Mt 25,37). Die Gerechten haben offenbar einen lebenden, d.h. richtigen Glauben. Jakobus, der "Herrenbruder" erklärte, "*daß der Mensch aufgrund seiner Werke gerecht wird, nicht durch den Glauben allein*" (Jak 2,24). Ohne Werke ist der Glaube tot (Jak 2,17;26).

*) Siehe 4. Kapitel

Gerechtigkeit ist nicht die formale Befolgung des Gesetzes (Tora), sondern eine Verhaltensweise, die aus dem Verständnis des ihm zugrundeliegenden Sinns bestimmt wird.

So ist z.B. eine Versöhnung mit Gott durch formalen Vollzug des Opferkultes nicht möglich, wenn nicht zuvor eine Aussöhnung mit dem Menschen erfolgt, zu dem die Beziehungen gestört sind (Mt 5,23-24). Die Teilnahme am Kult kann die Verpflichtung zur Nächstenliebe in den verschiedenen Erscheinungsformen nicht ersetzen. Jesus will Barmherzigkeit und nicht Opfer (Mt 9,13; 12,7).

Auch das von den Juden so hoch gehaltene Sabbatgebot, das die Handlungsfreiheit der Menschen bis zur Untätigkeit einschränkt, dispensiert nicht davon, am Sabbat den Menschen zu helfen. Jesus hat am Sabbat mit der Rechtfertigung geheilt, daß der Sabbat um des Menschen willen da ist und nicht der Mensch um des Sabbat willen (Mt 2,27).

Auch der Sabbat muß zum Wohle der Menschen genützt, darf aber nicht zu ihrem (wirtschaftlichen) Vorteil ausgenützt werden.

Gerechtigkeit als Einhaltung des Gesetzes soll nicht in aller Öffentlichkeit demonstriert werden und zur Äußerlichkeit verkümmern. Sie wird sonst zur Schaffung eigener Ehre und als Zurschaustellung persönlicher Frömmigkeit mißbraucht, was für Jesus Heuchelei ist. Als Beispiele, die häufig wahrgenommen werden konnten, hat er demonstratives Almosengeben (Mt 6,1-4) und beten in der Öffentlichkeit (Mt 6,5-6) angeprangert.

Es sind von Jesus keine Worte überliefert, mit denen er sich für eine Verbesserung von Rechtsnormen eingesetzt hat.

Für ihn schien Recht als Ordnungsmittel nicht zu existieren. Jesus setzt auf die Kraft der Liebe, die Recht überflüssig macht und Gerechtigkeit als unbefriedigenden Notbehelf erscheinen läßt.* Probleme können mit Barmherzigkeit und

*Von Augustinus ist der Verhaltensgrundsatz überliefert:

"Liebe, und tu, was du willst!"

Versöhnung, nicht aber auf dem Rechtsweg gelöst werden. Jeder Richterspruch stützt sich auf das Recht, bestätigt und vertieft aber Feindschaften. Was Jesus zur Vergebung und Versöhnung gesagt hat, ist so eindeutig, eindringlich und umfassend (7), daß für Verstocktheit und rechtliche Auseinandersetzung kein Argument gefunden werden kann.

Entscheidend ist letztlich, daß Gott nur dann vergibt, wenn die Menschen einander vergeben haben (Mt 6,14-15).

1.3 Himmelreich

Die Botschaft vom Himmelreich war das Anliegen Jesu, das sein ganzes Wirken bestimmte.

Er verkündete einen vorbehaltlos liebenden Gott, dessen Wesenszüge nicht von Eifersucht und Zorn (Dtn 6,15) verdunkelt werden und der auf Ungehorsam nicht mit unüberbietbaren Flüchen (Dtn 28,15) reagiert. Sein Gottesbild ist (wegen fehlender Ambivalenz) neu, bewirkt einen neuen Glauben und schafft neue Menschen. Dieses Neuartige kommt in dem Bildwort von Jesus zum Ausdruck, daß man nicht neuen Wein in alte Schläuche füllt (Mt 9,17).

Jesus hat das Himmelreich –das ein Geheimnis ist– nicht beschrieben oder gar definiert, sondern bildhaft in Gleichnissen dargestellt. Die Existenz des Himmelreichs steht unter dem Zeichen "Doch-schon" und "Noch-nicht", wodurch seine anbrechende Entstehung auf Erden auf die Vollendung im Himmel weist. Das Himmelreich kann überall dort erfahren werden, wo Christen den Willen Gottes erfüllen, der den Inhalt des Hauptgebots der Liebe bildet.

Ein Kennzeichen des Himmelreichs ist die Umwertung aller Werte. Was die Menschen als wichtig bewerten wie Reichtum, Macht und Ansehen, verliert im Himmelreich seine Bedeutung und wird von Barmherzigkeit, Dienst, Versöhnung und Brüderlichkeit verdrängt.

1.3.1 Reich, Herrschaft, Gott

Der griechische Ausdruck für "Reich" im "Vater unser" "*Dein Reich komme*", kann mit Königtum der Himmel oder Reich der Himmel (Himmelreich) übersetzt werden. "Himmel" ist in diesem Zusammenhang eine Umschreibung von Gott.

Nach der Tora (Ex 20,7 und Dtn 5,11) ist "unnützes aussprechen" des Namens Gottes bei Strafe verboten. Da die Juden dieses Gebot sehr eng auslegen und Matthäus sein Evangelium für Judenchristen schrieb, hat er ihre religiösen Gefühle respektiert und die obigen Umschreibungen verwendet.

Markus und Lukas haben ihr Evangelium offensichtlich für Heidenchristen geschrieben, denen "Himmelreich" unverständlich gewesen wäre. Sie wählten daher die Übersetzungsvariante "Reich Gottes".

Mit Reich verbindet sich die Vorstellung von Macht und einem großen Land. Entscheidend ist die Macht, die durch herrschen ausgeübt wird, so daß das Reich Gottes durch Gottes Herrschaft erfahrbar wird. Himmelreich oder Reich Gottes wird daher am besten im Sinne von Gottes Herrschaft verstanden.

Diese Situation kann auch folgendermaßen beschrieben werden: Herrschen schafft einen Zustand, in dem der Wille des Herrschers erfüllt wird. Bei dieser Sichtweise ist Himmelreich der Zustand, in dem der Wille Gottes erfüllt wird.

Es gibt auch Gleichnisse, in denen "Himmelreich" eine direkte Umschreibung von Gott ist. So gleicht das Himmelreich, bzw. Gott dem Gutsbesitzer im Gleichnis von den Arbeitern im Weinberg*, das unter 1.2.2 erklärt wurde. Zusammenfassend kann festgestellt werden, daß es jeweils von dem Kontext abhängt, ob Himmelreich/Reich Gottes einen Zustand der von

---

*siehe Ende von Anmerkungen

der Verwirklichung von Gottes Willen/Herrschaft bestimmt wird, den Himmel als Jenseits oder einfach Gott bedeutet.

1.3.2 Gleichnis: Darstellung des Himmelreichs

Das Himmelreich ist ein Geheimnis. Geheimnisse entziehen sich einer Beschreibung und lassen sich nicht in Lehrsätze fassen. Jeder Versuch ist aussichtslos, führt zwangsläufig zu falschen Eindrücken und wirkt wegen fehlender Demut als Anmaßung.

Jesus hat das Himmelreich weder beschrieben, noch erklärt oder gar definiert. Er hat es vielmehr zu einer frohen Botschaft gemacht, die er mit Gleichnissen darstellte.

Ein Gleichnis hat als Vergleich meistens die Form einer anschaulichen Erzählung, die auf die Hörer wie ein Bild wirkt. Diese erfassen weniger die Worte als vielmehr die Vorstellung, die von ihnen bewirkt wird. Das Ergebnis ist meistens ein ganzheitliches Verständnis, das gefühlsmäßig empfunden und rational gestützt wird. Das Herz vermag die Spuren von Geheimnissen zu deuten, für die dem Verstand die Worte fehlen.

1.3.3 Doch schon - noch nicht

Das Himmelreich hat schon anfanghaft begonnen, ist aber noch nicht vollendet.

Jesus begann sein öffentliches Wirken mit dem Aufruf: "*Die Zeit ist erfüllt, und das Reich Gottes hat sich genaht. Tut Buße und glaubet an die frohe Botschaft*" (Mk 1,15)! "Tut Buße" weckt oft den Eindruck von wandeln in "Sack und Asche", ist aber als sinnet um, kehrt um in eurem Verhalten und bekehrt euch, zu verstehen. Das Himmelreich kann sich nur entwickeln, wenn sich die Menschen für die Botschaft Jesu öffnen, ihr bisheriges Verhalten kritisch überdenken und den Willen Gottes nicht in der formalen Einhaltung von Geboten und Verboten, sondern im Sinne der Seligpreisungen erfüllen.

Jesus sagte, "*wenn ich aber die Dämonen durch den Finger Gottes austreibe, dann ist doch das Reich Gottes schon zu euch gekommen*" (Lk 11, 20).

Wo Jesus ist, ist das Reich Gottes und es entsteht dort anfanghaft, wo seine Weisungen befolgt werden. Daher hat Jesus festgestellt: "*Das Reich Gottes ist (schon) mitten unter euch*" (Lk 17,21). Diese Ermutigung hat für alle Zeiten Bestand. Sie wurde von Jesus begründet und wird von Menschen mit Hilfe des Heiligen Geistes weitergeführt.

Das Himmelreich bedarf für seine Entstehung in der Welt, die immer anfanghaft bleiben wird, die Mitwirkung der Menschen. Die unüberschreitbare Anfanghaftigkeit hat seinen Grund in der Vollkommenheit des Himmelreichs und der Unvollkommenheit der Menschen, die sich qualitativ und quantitativ auswirkt. Den Beitrag, den die Menschen für das Himmelreich leisten sollen, hat Jesus in den Seligpreisungen umrissen und im weiteren Verlauf der Bergpredigt ausführlich erklärt. Die Vollendung (im Sinne von ewig und himmlisch), bzw. das Kommen des Himmelreichs wird Gott herbeiführen. Wann dies sein wird, ist ein Geheimnis: "*Doch jenen Tag und jene Stunde kennt niemand, auch nicht die Engel im Himmel, nicht einmal der Sohn, sondern nur der Vater*" (Mk 13,32).

Der von Alfred Loisy stammende Ausspruch "*Jesus kündigte das Gottesreich an, und was kam, war die Kirche*" (8) kann schon nachdenklich stimmen. Es wäre ein gravierender Irrtum anzunehmen, daß die Kirche mit dem Himmelreich identisch ist. Die Kirche hat nur die Aufgabe, in der Weiterführung der Sache Jesu, die Botschaft vom Himmelreich zu verkündigen. Die Verkündigung muß für ihre Wirksamkeit sachlich glaubhaft und persönlich glaubwürdig erfolgen. Das bedeutet, daß der Inhalt weder verkürzt, noch verlängert werden darf und die Verkündiger als Vorbild das leben, was sie predigen. Die Amtsträger, aber auch die sog. Laien, sollten sich öfters die Frage stellen, was sie für den anfanghaften Aufbau des Himmelreichs beitragen. Eine ehrliche Antwort wäre zugleich eine wahre Erklärung. Der zeichenhafte Anfang des Himmelreichs kann durch Taten der Nächstenliebe viel zu selten wahrgenommen werden.

1.3.4 Umwertung aller Werte

Mit Jesus ist das Himmelreich angebrochen. Von seinem Wirken kann tendenziell abgeleitet werden, wie in etwa das Himmelreich sein könnte.

Für die Beschreibung des Lebenswegs Jesu hat Adolf Holl den für viele Gläubige anstößigen Titel "Jesus in schlechter Gesellschaft" (9) gewählt. Die schlechte Gesellschaft sind Menschen, deren Lebensqualität durch Krankheit, Armut sowie soziale Verhältnisse bis zur Unerträglichkeit eingeschränkt ist und die von der guten Gesellschaft ausgegrenzt werden. Diesen Opfern menschlicher Hartherzigkeit hat sich Jesus vorrangig angenommen. Kranke heilte er, Besessene befreite er von bösen Geistern, mit Sündern und Zöllnern, die den Sündern gleichgestellt und als Volksverräter verachtet wurden, pflegte er Umgang. Diesen Mißachteten prophezeite Jesus, daß sie vor den Selbstgerechten in das Himmelreich eingehen werden: "*Zöllner und Dirnen gelangen eher in das Reich Gottes als ihr*" (Mt 21,31). Das Himmelreich gehört auch jenen, die sich in der Weiterführung der Sache Jesu um die "schlechte Gesellschaft" kümmern.

Das Verhältnis Welt/Himmelreich hat Jesus wie folgt bewertet: "*Viele aber, die jetzt die Ersten sind, werden dann die Letzten sein, und die Letzten werden die Ersten sein*" (Mt 19,30). Diese Worte lassen sich standesmäßig und zeitlich deuten. Die Herren der Welt, die den ersten Rang einnehmen, werden im Himmelreich Knechte sein und diejenigen, die in der Welt zuerst bedient wurden, müssen auf das Himmelreich am längsten warten. Wie die Deutung auch ausfällt, im Himmelreich findet eine Umwertung aller (weltlichen) Werte statt.

Was das Himmelreich als Herrschaft Gottes ist, läßt sich nicht beschreiben, allenfalls in groben Zügen erahnen. Im Diesseits ist das Himmelreich ein anfanghafter Zustand und im Jenseits (nach menschlicher Vorstellung) der Ort, wo dieser Zustand seine Vollendung findet.

Weil Gott die Liebe ist (1 Joh 4,16), ist seine Herrschaft deren Verwirklichung. Sünden in Gedanken, Worten und Werken, die das irdische Leben für viele Menschen oft als Strafe erscheinen lassen und im Laufe der Geschichte mehr eine Ahnung von der Hölle als vom Himmel(Reich) vermitteln, wird es nicht mehr geben. Gottes Gerechtigkeit (Siehe 1.2.2) setzt völlig neue Maßstäbe. Was die Seligpreisungen als Ziel vorgeben, wird Wirklichkeit. Jesus hat die Freuden im Himmelreich mit einem Festmahl (Mt 22,1-14; Lk 14,15-24) verglichen. Die Folgerung liegt nahe, daß die erhabensten Erlebnisse auf Erden gewissermaßen zum "Alltag" im Himmelreich werden. Wenn es auch nur ein Bild ist, so kann die damit ausgedrückte Seligkeit nach menschlicher Vorstellung nicht überboten werden.

1.4 Gott wirkt

Das zweite der zehn Gebote, die Mose von Gott auf dem Sinai erhalten (Ex 20,7) und Mose mit den übrigen Geboten und Verboten dem Volke vor seinem Tod einschärfte (Dtn 5,11) lautet: "*Du sollst den Namen des Herrn, deines Gottes, nicht unnütz aussprechen; denn der Herr läßt denjenigen nicht ungestraft, der seinen Namen unnütz ausspricht*".

Dieses Verbot, an das sich die Juden streng halten, weil es nicht nur von Gott stammt, sondern sich auch direkt auf ihn bezieht, hat dazu geführt, daß sein Name umschrieben wird. Die Synonyme für Gott lauten z.B.: IHN, sein Name, der Hochgelobte, der Herr, der Herr der Welt, das Reich der Himmel, der Barmherzige, unser Vater im Himmel und der Heilige.

Eine weitere Möglichkeit der Umschreibung bildet die passive Form, das sog. Passivum Divinum, die auch in den Seligpreisungen angewandt wird:
"... sie werden getröstet werden",
"... sie werden satt (gesättigt) werden",
"... sie werden Erbarmen finden ('gebarmherzigt' werden)" (10) *Wer* die Seligpreisungen erfüllt, ist nicht aufgeführt. Es ist Gott, der die Verheißungen zur Wirklichkeit werden läßt. Er wird zwar nicht direkt, d.h. namentlich genannt, wird aber mit der gewählten grammatikalischen Form, die eine hebräische Eigenart darstellt, eindeutig gemeint. Auch alle anderen Seligpreisungen werden von Gott als Antwort auf das Eingehen der Menschen auf sein Wort verwirklicht.

2. Inhalt

Die Seligpreisungen hören sich an wie Verhaltensweisen in einer besseren Welt, wie im Paradies oder im Himmel. Und doch sollen sie nach dem Willen Gottes und der Lehre Jesu schon auf Erden, wenn auch nur irdisch unvollkommen, verwirklicht werden. Sie vermitteln eine Ahnung vom (himmlischen) Jenseits und bilden eine Aufgabe für das Diesseits. Die Seligpreisungen zeigen, wie die Menschen sich verhalten sollen, damit Probleme im Zusammenleben verhindert, überwunden oder abgeschwächt werden können. Sie wirken für die Starken als Verpflichtung und für die Schwachen als Anspruch.

Die Seligpreisungen vermitteln zugleich ein Bild von Gott, weil sie seinen Willen zum Ausdruck bringen.

Weil Gott die Liebe ist (1 Joh 4,8) und die Menschen liebt, sollen die Menschen auch Gott lieben. Wohl am besten kann Gott durch Dienste am Nächsten geliebt werden, die gewissermaßen an seiner Stelle erfolgen und damit zum Dienst für ihn, zum Gottesdienst werden. Es gibt für Christen nichts Wichtigeres und Erhabeneres als den Gottesdienst, der aber nicht auf die Liturgie eingeschränkt werden darf. Die Seligpreisungen enthalten hierfür allgemeine Verhaltensgrundsätze, die an einen mündigen Glauben gerichtet sind.

Die Wahrhaftigkeit des Glaubens und die Glaubwürdigkeit der Christen und der Kirche kann daher an dem Grad der Erfüllung der Seligpreisungen gemessen werden.

2.1 Die Armen

"Selig sind die Armen im Geiste,
geistlich arm sind,
arm vor Gott sind,
vor Gott und der Welt arm sind,
denn ihnen gehört das Himmelreich" (Mt 5,3).

Die Seligpreisung der Armen steht sicher nicht zufällig an erster Stelle. Sie hat nämlich eine grundsätzliche geistige Einstellung zum Inhalt, die zu den sieben weiteren aktiven Verhaltensweisen der Seligpreisungen führt. Die grundsätzliche Bedeutung von "geistig/geistlich arm sein" liegt darin, daß nur die Menschen, die sich "arm" (vor Gott) fühlen, in der Lage sind, die Gestaltung ihres Lebens auf der Basis der Seligpreisungen zu versuchen.

Die Armut hat mehrere Erscheinungsformen, die von der Sichtweise abhängen und einer Deutung bedürfen. Diese Feststellung gilt auch für die erste Seligpreisung, für die es aus diesem Grunde verschiedene Übersetzungen gibt, die das jeweilige Armutsverständnis der Übersetzer widerspiegeln. Die häufigsten habe ich in die obige Schriftstelle eingefügt. Diese Textvarianten regen zu einer Deutung an, deren Vergleich Gemeinsamkeiten und Ergänzungen erkennen läßt.

2.1.1 Sichtweisen von "arm"

2.1.1.1 Die Armen im Geiste

Diese Sichtweise der "Armen" dürfte -mindestens bei den Katholiken- am weitesten verbreitet sein.

Der Grund liegt darin, daß der griechische Evangelientext bis in die jüngste Vergangenheit ausschließlich in dieser Form übersetzt wurde. Das "Münchener Neues Testament", das als

Studienausgabe den Grundsatz verfolgt die Sinngenauigkeit ggf. zu Lasten der Sprachästhetik zu bevorzugen (11), gibt diese Stelle mit "die Armen dem Geist (nach)" wider.

Das Verständnis dieser Schriftstelle hängt entscheidend davon ab, wie "Geist" und insbes. "arm" ausgelegt werden. "Geist" ist ein vieldeutiger Begriff. Er kann u.a. als Vernunft und Verstand (12) mit dem Erkenntnisvermögen gleichgesetzt werden. Der Geist des Menschen ist eine intellektuelle Kraft, die sein Bewußtsein bestimmt und sein Verhalten steuert. Abgesehen von körperlichen Möglichkeiten und Grenzen ist der Mensch die Verwirklichung seines Geistes.

Für Christen erhält der Geist seine besondere Bedeutung dadurch, daß er die Menschen zu einem Abbild Gottes (13) macht.

"Abbild" bedeutet in diesem Zusammenhang "Ähnlichkeit". Diese bezieht sich nicht auf Formen und Äußerlichkeiten, sondern auf Wesenszüge als gestalterische Möglichkeiten. Diese Wesenszüge sind geistige Kräfte zur Persönlichkeitsverwirklichung, die u.a. (geistige) Freiheit, Kreativität und Liebesfähigkeit umfassen. Es liegt bei den Menschen und in ihrer Verantwortung, ob sie diese göttlichen Kräfte zu ihrem Heil und zum Wohl der anderen einsetzen.

Die Feststellung, was in diesem Zusammenhang "arm" nicht ist, was es ist und wie es sich auswirkt, führt am Besten zum richtigen Verständnis.

"Arm" darf bestimmt nicht abwertend verstanden werden. Schwaches Denkvermögen, unterentwickelte Vernunft und beschränktes Bewußtsein sind damit sicher nicht gemeint. Es ist unvorstellbar, daß Jesus einfältige Menschen seligpreisen wollte, die nur einen kleinen oder gar keinen Entscheidungsspielraum besitzen. Es geht doch letztlich um eine freie Entscheidung, die zu einer bestimmten Verhaltensweise führt.

"Arm" ist kein Defizit an geistiger Potenz, sondern ein Mangel an Überheblichkeit, Anmaßung, Hochmut, Herrschsucht sowie fehlende Selbstüberschätzung.

Die "Armen im Geiste" sind sich ihrer intellektuellen Begrenztheit als unvollkommene Menschen bewußt. Sie wissen, daß es Wirklichkeiten gibt, die sich ihrer Erkenntnis entziehen, daß ihre (Er)Kenntnisse Stückwerk bleiben und ihr eigenmächtiges Urteil über Gutes und Böses eine Anmaßung darstellt.

Diese Anmaßung nannten die alten Griechen "Hybris" (frevelhafte Selbstüberhebung den Göttern gegenüber), die Bestrafung nach sich ziehen mußte.

In der Bibel wird die Hybris und ihre angebliche Folge als Versuchung im Paradies mit den Worten beschrieben "*und ihr wie Gott sein werdet, indem ihr Gutes und Böses erkennt*" (Gen 3,15). Das ethische Unterscheidungsvermögen in Gutes und Böses macht Gott überflüssig und den Menschen zur letzten Instanz seines Verhaltens. Die natürliche, d.h. göttliche Ordnung wird dann durch die Wertmaßstäbe der Menschen ersetzt. Die Folge ist die Machtausübung des Stärkeren, die sich in zwischenmenschlichen Beziehungen als Unerträglichkeiten und im Zusammenleben der Völker als Katastrophen auswirken.

Die Verinnerlichung der ersten Seligpreisung führt zu dem Eingeständnis, daß der Mensch nicht das Maß aller Dinge sein kann. Daraus ergibt sich, daß er nicht selbst die ethischen Regeln für sein Verhalten festlegen darf. Der Mensch soll vielmehr den göttlichen Willen als Orientierung und Maßstab für seine Lebensgestaltung zugrundelegen, den Jesus geoffenbart hat. Die Lebensgestaltung beinhaltet die Beziehung des Menschen zu sich selbst, zum Nächsten und zu Gott, für die das Hauptgebot der Liebe maßgebend sein soll.
Diese Verhaltensweise kann nur im Glauben verwirklicht werden. Dazu gehört unabdingbar, daß sich der Mensch als

Geschöpf Gottes versteht und sich auch dementsprechend verhält.

"Arm im Geiste" läßt sich mit "demütig vor Gott" zusammenfassen.

Der Demütige kann im Vaterunser ehrlich beten "Dein" (nicht mein) Wille geschehe. Der Wille Gottes ist ein Verhalten aus der Liebe, die den Beweggrund der Seligpreisungen bildet. Die Nächstenliebe und die ihr zugrundeliegende Einstellung macht auch die übrigen Seligpreisungen zu einer ständigen Aufgabe. Voraussetzung ist die Demut, die Gott als höchste Autorität anerkennt.

Wer sich "arm im Geiste" fühlt, ist nicht nur demütig vor Gott, sondern nimmt auch das Hauptgebot der (Nächsten)Liebe ernst. Die Folge ist eine Einstellung, aus der die Mitmenschen als Brüder und Schwestern betrachtet und behandelt werden (Mt 23,9). Brüderlich- und Schwesterlichkeit bedingt eine Verhaltensweise, die nicht von Überheblichkeit, Herrschsucht, Gewalttätigkeit und Egoismus geprägt ist. Bei dieser Einstellung werden Partnerschaft und Kompromisse angestrebt. Nächstenliebe macht ein Rechtsempfinden als zuwenig überflüssig. Die Beziehungen werden nicht durch Voreingenommenheit, Vorurteile und moralische Bewertungen belastet, sondern durch Verständnis und Unterstützung gefestigt. "Arm im Geiste" ist einerseits Demut und Ehrfurcht vor Gott und andererseits brüderliche Mitmenschlichkeit in Gedanken, Worten und Werken.

2.1.1.2 Geistlich arm

Diese Übersetzungsvariante stammt aus dem "Luther-NT": Die Vermutung liegt nahe, daß Luther aus seinem Verständnis der Rechtfertigung nach Paulus im Römerbrief 3,28 (39) "geistlich" anstatt "geistig' übersetzt hat.

Die mit "allein durch den Glauben" (sola fide) verbundene Problematik soll in diesem Zusammenhang nicht erörtert werden, weil sie den Rahmen dieser Darstellung überschreiten würde. Wenn "ohne Werke" noch mit "allein (durch den Glauben)" verstärkt wird, kann schon von "geistlich" arm gesprochen werden. Die Verstärkung "allein" ist keine Übersetzung, sondern eine eigenmächtige Einfügung von Luther, die er auf sieben Seiten erklärte. U.a. schrieb er: "*Die Meinung des Textes es in sich hat, und wo man will's klar und gewaltig verdeutschen, so gehöret es hinein*" (40).

"Geistig" und "geistlich" sind verwandte Eigenschaften des menschlichen Geistes, deren Tiefendimension verschieden ausprägt ist. "Geistig" bezieht sich auf den Geist an sich und seine Bedeutung für die Selbstbewertung der Menschen. "Geistlich" ist in einen Zusammenhang mit Glauben und Religionsausübung einzuordnen. In dem gleichen Kontext ist auch arm zu sehen. "Geistlich arm" ist das Bewußtsein, daß der Glaube zu klein ist und die an ihn gestellten Anforderungen im Leben nicht zu erfüllen vermag. Jesus hat sich mit schwachem Glauben auseinandergesetzt. Menschen mit mangelndem Vertrauen (Mt 6,30), mit Zweifeln (Mt 14,31) und mit fehlender Zuversicht (Mt 16,8) -jeweils in ihrem Verhältnis zu Gott-, hat er als "Kleingläubige" bezeichnet. Wessen Glaube ist schon frei von Anfechtungen, Schwächen, Zweifeln und bohrenden Fragen, auf die keine Antworten gefunden werden können?

Ein kleiner Glaube läßt nur eine schwache Verwirklichung zu, der die verwandelnde Kraft fehlt. Wie muß ein Glaube erst beurteilt werden, in dem keine oder nur kleine Spuren von der Nachfolge Jesu erkannt werden können?

Selbst die Frommen, die sich alle Mühe geben, ihren Glauben zu leben, vermögen den Willen Gottes nicht in genügender Weise zu erfüllen. Sie befolgen zwar religiöse Vorschriften, wissen aber bei selbstkritischer Einstellung, daß alle Bemühungen doch nicht an die Verhaltensweisen der Seligpreisungen heranreichen. Der gute Wille setzt sich oft nicht gegen menschliche Schwäche durch. Alle Menschen sind durch ihr häufiges und vielseitiges Fehlverhalten vor

Gott "geistlich arm". Sie führen im Diesseits ein wahrhaft armseliges Glaubensleben und treten ins Jenseits als "arme Seelen".

"Geistlich arm" zu sein bedingt eine ethische Anstrengung. Es genügt nicht, glaubensmäßige Selbstsbestimmung, im Extremfall religiöse Überheblichkeit aufzugeben.

Die Konsequenz von "geistlich arm" liegt auf der Linie einer selbstkritischen, bescheidenen und demütigen Verhaltensweise gegenüber Gott, die im Bewußtsein der eigenen Unzulänglichkeit zum Gehorsam führt. Gehorsam gegenüber Gott ist nichts anderes als der ehrliche, nachhaltige und ständige Versuch, seinen Willen zu erfüllen. Das geistliche Verhältnis zu Gott hat unausweichlich auch Auswirkungen auf die zwischenmenschlichen Beziehungen. Wer Gott liebt, liebt in Verwirklichung des Hauptgebots auch den Nächsten.

Gott ist die Liebe (1 Joh 4,16), die u.a. als Barmherzigkeit erfahren werden kann. Er liebt die Menschen, die geistlich arm sind, die den Glauben besser leben wollen, aber nicht können und darunter leiden. Die folgenden Schriftstellen können in diesem Sinne gedeutet werden:

"*Opfer für Gott ist ein zerknirschter Geist; ein zerknirschtes und zerschlagenes Herz wirst du, o Gott, nicht verschmähen*" (Ps 51,19).

"I*n der Höhe und als Heiliger throne ich und bin doch bei den Zerschlagenen und Geistgebeugten, um zu erquicken der Gebeugten Geist, um zu beleben der Zerschlagenen Herz*" (Is 57,15).

2.1.1.3 Arm vor Gott

Diese Textvariante stammt von der "Einheitsübersetzung" des Neuen Testaments, die von evangelischen und katholischen Theologen gemeinsam erstellt wurde. Das relativ junge Herausgabejahr 1979 läßt lange Erfahrung und die Gemeinschaftsarbeit große Kompetenz vermuten.

Im Gegensatz zu den bisherigen Übersetzungen fällt auf, daß der Grund der Seligpreisung "arm" ohne nähere Bestimmung der Art, sprachlich "entgeistigt" und "entgeistlicht" wird. Wenn der Bezug "vor Gott" beachtet und gedeutet wird, erhält "arm" aber einen Sinn, der den vorerwähnten (rein sprachlichen) Gegensatz aufhebt.

Vor Gott zählt nicht, was der Mensch hat, sondern was er ist. Was der Mensch ist, kommt in seinem Verhalten zu Gott und zu seinen Mitmenschen zum Ausdruck.

Wer materielle Not leidet, ist arm vor den Menschen, nicht aber -aus den gleichen Gründen- auch arm vor Gott. Dies schließt jedoch nicht aus, daß materiell arme Menschen auch geistig oder geistlich arm sein können. Im übrigen sind notleidende Menschen Gott nicht gleichgültig, wie noch ausgeführt wird.

"Arm vor Gott" kann als umfassendere Deutung verstanden werden, die sowohl "geistig" als auch "geistlich" einschließt.

Eine scharfe Abgrenzung dieser Begriffe, die sprachlich an einer fließenden Grenze liegen, ist nicht einfach, sodass sich eine weitergehende Deutung geradezu anbietet. Für eine umfassende Deutung spricht zudem, daß sich "arm vor Gott" nur auf den Geist beziehen kann, der, wie ausgeführt wurde, auf geistige und geistliche Weise wirkt.

2.1.1.4 Vor Gott und der Welt arm

Für diese Übersetzung hat sich Pinchas Lapide entschieden (14).

Interessant ist, daß Lapide einerseits zu dem gleichen Ergebnis wie die "Einheitsübersetzung" kommt, andererseits aber die Erweiterung "und (vor) der Welt" vornimmt. Diese Ergänzung läßt vordergründig vermuten, daß es sich bei "arm vor der Welt" nur um eine materielle Notlage handelt. Eine derartige Deutung würde aber nur einen Aspekt der Armut aufgreifen. Zudem stellt sich die Frage, ob ein Zusammenhang zwischen arm vor Gott und den Menschen besteht.

"Arm vor der Welt" bedeutet arm vor und in der Gesellschaft. Wie alles kann "arm" relativ und absolut gesehen werden. Gemeinsam für beide Versionen ist ein objekthafter Status, der sich als Abhängigkeit auswirkt. Damit ist jede Einflußnahme ausgeschlossen, die auf Macht beruht und Ansehen schafft. Absolute Armut ist Besitzlosigkeit, die als Bedürftigkeit in Erscheinung tritt. Die davon betroffenen Menschen werden je nach dem Grad ihrer Bedürftigkeit mehr oder weniger diskret an den Rand der Gesellschaft gedrängt.

Wer arm ist [1] vor Gott, ist auch arm [2] vor der Welt, weil die zweite Armut eine zwangsläufige Folge der Ersten ist.

Die Menschen, die "geistig" und "geistlich" arm sind, also arm vor Gott, haben eine Einstellung und Verhaltensweise, die als weltfremd und unzeitgemäß erscheint. Sie werden in der Welt, die sich als Leistungsgesellschaft versteht, nicht geschätzt, sondern allenfalls belächelt oder bemitleidet. Sie gelten als altmodisch, fortschrittsfeindlich, unflexibel, wirklichkeitsfremd und durchsetzungsschwach. Ein derartiger Eindruck ebnet nicht den Weg zu Führungspositionen in der Gesellschaft, und Geschäftsleute können sich solche "übermenschliche" Eigenschaften nicht leisten.

Menschen, deren geistige Einstellung eine Teilnahme an "zeitgemäßen" und üblichen Praktiken nicht zuläßt und die dadurch auf Kapital, Macht und Ansehen verzichten, werden in bestimmter Weise für "arm" gehalten.

Schalom Ben-Chorin hält "selig sind die Armen im Geiste" vielleicht für die wörtlichere Übersetzung, zieht daraus aber Schlüsse, die sich mit "arm vor der Welt" decken.

Die Seligpreisungen gelten in seiner Sicht Menschen, die um des Geistes willen auf Besitz verzichten und absichtlich arm bleiben, um sich ganz ihm weihen zu können (15). Diese Auffassung gründet auf der Mahnung Jesu: "*Sammelt euch nicht schätze hier auf der Erde, wo Motte und Wurm sie zerstören.*" (Mt 6,19). Als Beispiel für diese Armut verweist Ben-Chorin auf Menschen, die in der Bedürfnislosigkeit eines Franz von Assisi leben.

Jesus will die Menschen aber nicht überfordern und ihnen Lasten auflegen, die sie nicht tragen können. Die Lebensweise von Franziskus kann daher nicht verallgemeinert werden. Sie ist für eine kleine Elite aber durchaus möglich und vorstellbar. Da Jesus die Bergpredigt als Lehre an seine Jünger richtete, hat diese radikale Deutung durchaus Sinn. Die Jünger sollen für die Weiterführung der Sache Jesu glaubwürdig sein und müssen sich daher in ihrer Lebensgestaltung von der Masse des Volkes unterscheiden.

"Arm vor der Welt" als Grund für eine Seligpreisung kann auch als Trost, Beruhigung und Hoffnung gedeutet werden. Viele Menschen empfinden oder sind sogar überzeugt, daß das Leben im Diesseits nicht alles sein kann und darf. Es muß demnach eine Gerechtigkeit geben, die jenseits der Welt liegt und einen Ausgleich für alles bietet, was im irdischen Leben erlitten werden muß. Dieser Trost macht die Armut (und auch das Schicksal) in der Welt erträglicher und nimmt ihr die Sinnlosigkeit, wenn sie auch damit nicht sozial gerechtfertigt werden kann und darf.

Die Beruhigung, die von der Armut ausgeht und als Grund der Seligpreisung verstanden werden kann, besteht auch darin, daß die Bedürftigen nicht das Schicksal von Reichen zu befürchten brauchen. Jesus geht mit den Reichen unnachsichtig ins Gericht: "*Was nützt es einem Menschen, wenn er die ganze Welt gewinnt, dabei aber sein Leben einbüßt?*" (Mt 16,26) Früher wurde übersetzt "... an seiner Seele aber Schaden leidet?"

"Eher geht ein Kamel(16) durch ein Nadelöhr, als daß ein Reicher in das Reich Gottes gelangt" (Mt 19,24).

Reich zu sein ist an sich nicht verwerflich. Wie der Reichtum aber erworben und verwendet wird, kann sehr wohl unmoralisch, krimininell und sündhaft sein.

Nicht selten kommt Reichtum dadurch zustande, daß die Unwissenheit, Machtlosigkeit und Notlage anderer rücksichtslos ausgenützt wird. Im Überfluß vorhandene Güter und Gelder werden oft verantwortungslos als Machtmittel mißbraucht und nicht zum Wohle der Menschen und zur Linderung von Not eingesetzt. Derartige Verhaltensweisen verstoßen gegen das Hauptgebot der (Nächsten) Liebe.

Die Erfahrung zeigt, daß Arme, wenn sie durch glückliche Fügung reich werden, nicht davor gefeit sind, mit ihrem Reichtum anstößig, wenn nicht verantwortungslos umzugehen. Nur wer nicht in Versuchung gerät, weiß, daß er ihr nicht erliegt.

2.1.1.5 Zusammenfassung

An den vier Versionen von Mt 5,3 (1. Teil) kann erkannt werden, daß es offensichtlich schwierig ist, "die Art von arm sein", um die es dem Evangelisten ging, sinnerhaltend vom Griechischen ins Deutsche zu übersetzen. Wenn die vier Übersetzungen jede für sich betrachtet werden, entsteht der Eindruck, daß jeder Übersetzer etwas anderes ausdrücken, bzw. einen bestimmten Schwerpunkt setzen wollte. Die nachstehende Übersicht bringt die Tendenz der einzelnen Übersetzungsvarianten zum Ausdruck.

– "Die Armen im Geiste"
  erkennen die Grenzen ihres Verstandes und anerkennen die Autorität Gottes als letzte Instanz. Sie sind demütig, selbstkritisch, relativieren ihre Vernunft und empfinden sich damit als "geistig" arm vor Gott.

– "Die geistlich arm sind",
  sind sich bewußt, daß trotz aller Anstrengungen ihr Glaube schwach und ihr Glaubensleben ungenügend ist. Sie

fühlen sich "arm(selig)" vor Gott und hoffen auf seine Barmherzigkeit.

– "Arm vor Gott"
  sind –aus den dargelegten Gründen– sowohl die "Armen im Geiste" als auch die, die "geistlich arm" sind. "Arm vor Gott" ist daher eine umfassende Übersetzung.

– "Vor Gott und der Welt arm sind"
  ist die umfassendste Übersetzung. "Vor Gott arm" bedingt eine (geistig/geistliche) Einstellung und Verhaltensweise, die die Menschen auch "vor der Welt" arm er scheinen läßt. Diese Situation ist die Auswirkung der von Jesus verlangten Alternativen "*Ihr könnt nicht beiden dienen, Gott und dem Mammon*" (Mt 6,24).

2.1.2 "Ihnen gehört das Himmelreich"

Auch dieser 2. Teil der Seligpreisung weist Übersetzungsvarianten auf, die jedoch nur stilistischer und nicht inhaltlicher Art sind. Welche Vorstellung sich mit dem "Himmelreich" verbinden kann, ist unter 1.3 beschrieben worden. Zu ergänzen ist daher nur noch, was unter "*ihnen gehört das Himmelreich*" verstanden werden kann.

2.1.2.1 Übersetzungsvarianten

Die bekanntesten Übersetzungsvarianten lauten:

– "Ihrer ist das Himmelreich"
  Bis in die jüngste Vergangenheit konnte in kath. Bibeln nur dieser Wortlaut gefunden werden.

– "Ihrer ist das Königtum der Himmel"
  Diese Version kommt nach dem "Münchener Neues Testament" dem griechischen Basistext am Nächsten. Ben-Chorin hält diese Formulierung für die vielleicht wörtlichere Übersetzung als das "Himmelreich" (15)

– "Ihrer ist das Königtum Gottes"
Lapide wählt diese "Übersetzung" von "Königtum der Himmel" wahrscheinlich für ein besseres Verständnis(17).

– "Ihnen gehört das Himmelreich"
Die "Lutherbibel" und die "Einheitsübersetzung" enthält diesen Wortlaut, der anstelle von "ihrer ist" als zeitgemäß gelten kann.

2.1.2.2 Besitz der Armen

Nach den Worten Jesu zu schließen, ist für die "Armen im Geiste" -oder wie die Übersetzung auch lauten mag- das Himmelreich nicht nur der Aufenthaltsort im Jenseits, sondern sogar ihr Besitz.

Der Grund für die Besitzüberlassung kann darin liegen, daß der Geist der Armen nicht auf eigene Interessen, sondern auf den Willen Gottes ausgerichtet ist. Sie betrachten die Stelle im "Vater unser" "Dein Wille geschehe" nicht so sehr als Annahme des Schicksals, sondern vielmehr als Zusage, Gott durch ihr Wirken erfahrbar zu machen. Die geistig/geistlich Armen nehmen den geoffenbarten Willen Gottes als Orientierung und Maßstab für ihr Tun und Lassen. Dadurch handeln sie für Gott, an seiner Stelle, gewissermaßen als seine Stellvertreter. Die Folgerung bietet sich an, daß den "Armen" das Himmelreich im Sinne der Stellvertretung Gottes gehört.

Wem das Himmelreich gehört, dem kommt auch das Verfügungsrecht zu, weil sonst "gehören" nicht zutrifft. Daraus ergibt sich, daß die "Armen vor Gott" die Verhaltensregeln vorgeben und für ihre Einhaltung auch verantwortlich sind. Dies alles liegt natürlich im Rahmen und im Sinne der dargestellten Stellvertretung Gottes.

Die "Reichen vor der Welt" als einstellungsbedingte "Gegenspieler" der "Armen vor Gott" spielen im Himmelreich keine nennenswerte Rolle. Ihre Ziele sind gegenstandslos und ihre Methoden undurchführbar geworden. Dies ist die günstigste Annahme. Im ungünstigsten Falle wird den Reichen das Weltgericht* nach Mt 25,31-46 zum Verhängnis, das sie dem ewigen Feuer überantwortet.

2.2 "Selig die Trauernden; denn sie werden getröstet werden" (Mt 5,4).

Die Anlässe für Trauer können enger oder weiter gefaßt werden. Die vorstehende Seligpreisung bezieht sich im griechischen Ausgangstext eindeutig auf die "Todesklage" und die ihr zugeordnete "Tröstung" (18). Alles, was zur Trauer gesagt werden kann und im folgenden ausgeführt wird, trifft im Prinzip auch auf das Leid zu, das nicht von Todesfällen verursacht wird.

Für die Deutung dieser Seligpreisung habe ich die Ansätze menschliche Hilflosigkeit, Trost im Glauben und Gott tröstet ausgewählt.

2.2.1 Menschliche Hilflosigkeit

Trauer ist die schmerzliche Empfindung des Verlusts eines geschätzten Menschen. Je inniger die Beziehungen zu dem Verstorbenen waren, um so stärker ist die Trauer. Es ist sehr schwer, etwas zu sagen, was der Trauersituation angemessen ist und als Trost wirkt. Gutgemeinte Gedanken, die aber unglücklich formuliert sind, haben für alle Beteiligten einen peinlichen Effekt. Die üblichen Kondolenzen sind Beileidsbezeugungen, aber keine Tröstungen. Sie erfolgen sehr oft aus Gründen der Üblichkeit und weniger aus innerer Betroffenheit und Anteilnahme. Aber auch Mitgefühl vermag selten die Hilflosigkeit in der Trauer in wirksame Ermutigung umzuwandeln. Aus

---

*Siehe 4. Kapitel

diesen Gründen sind die vom Schicksal getroffenen Menschen meistens in und mit ihrer Trauer allein.

Die Trauer erhält von dem Bewußtsein der Endgültigkeit ihrer Ursache ein Gewicht, das seine Schwere nicht zu verlieren scheint. Kann der Unumkehrbarkeit durch Tröstung ihre bedrückende Wirkung genommen werden? Worte allein sind hierfür viel zu schwach, aber der Glaube kann helfen!

2.2.2 Trost im Glauben

Jesus verheißt den Trauernden eine Tröstung, die im Glauben erlebt werden kann.

Das Leben der Menschen ist nicht auf die wahrnehmbare Wirklichkeit (auf der Erde) beschränkt. Der Tod ist daher nicht das Ende des Lebens, sondern der Beginn seiner Fortsetzung in einer anderen Daseinsweise, weil die Seele unsterblich ist. Das Leben im Diesseits ist die begrenzte, die Existenz im Jenseits die unbegrenzte Dauer des Menschseins.

Das Jenseits ist für die Seligen der Himmel. Nach der Zusage Jesu und auch nach menschlichem Empfinden ist der Himmel der Ort des Ausgleichs (von irdischer Ungerechtigkeit und beschränkter Lebensqualität) und der Glückseligkeit. Wer an den Himmel glaubt, findet Trost und kann das Leid auf Erden leichter ertragen.

Wenn auch Gott den Trauernden Tröstung verheißt, bedeutet das nicht, daß die Gläubigen nicht zu trösten brauchen.

Der Glaube verpflichtet, den Willen Gottes zu erfüllen, also für ihn, bzw. an seiner Stelle zu handeln. So führt der Glaube zum Dienst am Nächsten, der als Gottesdienst wirkt, weil er gewissermaßen im Auftrag Gottes erfolgt. Für die Kirche zählt "trösten" zu den "geistlichen Werken der Barmherzigkeit" (S. 2.5.1), deren Unterlassung gegen das Hauptgebot der (Nächsten)Liebe (Mt 22,37-39) verstößt.

Die Seligpreisung der Trauernden ist von grundsätzlicher Art und gilt für alle Orte und alle Zeiten. Zur Zeit Jesu hatten sie jedoch eine ganz aktuelle Bedeutung. Erinnert sei an die Besetzung von Judäa durch die Römer und die dadurch für die Juden unerträgliche Situation. Not und Leid gehörten zum täglichen Leben.

Für die Zeitgenossen Jesu wirkte seine Seligpreisung der Trauernden nicht nur als Trost für das Jenseits, sondern auch als Ermutigung für das Diesseits.

2.2.3 Gott tröstet

Wie in allen Situationen des Lebens bestehen auch in der Trauer Verhaltensalternativen.

Die Menschen haben die Möglichkeit, sich gegen das Schicksal, das ihnen die Trauer geschaffen hat, aufzulehnen, wodurch ihre seelische Befindlichkeit aber noch trostloser wird. Sie können sich passiv verhalten und sich der Trauer hingeben, womit die Möglichkeit, das Leid erträglicher zu machen, ungenützt bleibt. Sie können aber auch die Trauer in dem Sinne annehmen, daß sie zum Trauern fähig werden. Dies bedingt "Trauerarbeit" (nach Freud), mit der sich Mitscherlich in seinem Buch "Die Unfähigkeit zu trauern" befaßt hat.

Trauer ist eigentlich unannehmbar, weil ihre Ursache lebensfeindlich ist. Sie wird aber annehmbar, wenn ihre Ursache nicht als sinnlos beklagt wird. Damit ist nicht gesagt, daß der Sinn des Todes auch erkannt, d.h. verstanden werden muß. Es genügt, wenn in seinem Eintreten ein höherer Sinn gesehen wird. Das fehlende und nicht erlangbare Verständnis für den Sinn des Schicksals wird durch Vertrauen in Gott vollwertig ersetzt. Die Frage nach dem "Warum" wird damit zwar nicht beantwortet, aber gegenstandslos.

Bei Gott ist nichts sinnlos. Gegebenheiten, die das Erfassungsvermögen des Verstandes übersteigen, sind deshalb nicht absurd. Diese Erkenntnis wird den Menschen zuteil, die (vor Gott) "geistig arm" sind.

Die Seligpreisung läßt nicht erkennen, wer tröstet. Weil aller menschlicher Trost unzulänglich ist, tröstet Gott selbst. Diese Gewißheit vermittelt die hebräische Sprachform "Passivum Divinum" (Siehe 1.4), deren Sinn in der Übersetzung aber nicht zum Ausdruck kommt.

Aus dem Glauben wächst die Gewißheit, daß Trost im Himmel allen Leidtragenden, ohne Rücksicht auf die Ursache, sicher ist. Diese Überzeugung beruht auf der Seligpreisung und auf der großen Barmherzigkeit Gottes, die die weltliche Gerechtigkeit weit überschreitet. Man kann in dem verheißenen Trost sogar den Ausgleich im Himmel für all das erblicken, was auf Erden als Ungerechtigkeit, Not und Leid ertragen werden mußte. Nicht nur der Glaube, sondern auch das menschliche Gewissen und die Logik der Schöpfung weisen in diese Richtung.

Wie die Tröstung erfolgt, hat Jesus nicht gesagt. Sie ist ein Geheimnis wie die Freuden des Himmels und kann als Inhalt der Seligpreisung nicht überboten werden.

2.3 "Selig, die keine Gewalt anwenden, denn sie werden das Land erben" (Mt 5,5).

"Die keine Gewalt anwenden" ist die z.Z. geläufige Übersetzungsvariante. Früher war von "Sanftmütigen" die Rede. Die sinn-nächste Übersetzung scheint "die Sanften" zu lauten. Die verschiedenen Übersetzungen können als Synonyme bewertet werden, denen allenfalls stilistische Bedeutung zukommt.

Bei den Übersetzungsvarianten die "Sanftmütigen" und die "Sanften" kann leicht der Eindruck entstehen, daß es sich um Menschen handelt, die sich veranlagungsmäßig eines sanften Wesens erfreuen. Solche Menschen sind nicht oder kaum zu Gewalttätigkeiten fähig. Ihre Sanftmut ist daher keine Tugend und ihre Gewaltlosigkeit kein Verdienst, weshalb für eine Seligpreisung kein Grund besteht.

Diese Seligpreisung gilt daher den Menschen, denen Gewaltausübung (als Täter) nicht fremd ist und für die Gewaltverzicht eine Überwindung darstellt.

Das größte Problem in den zwischenmenschlichen Beziehungen ist Gewaltanwendung in verschiedener Form.

Ein totaler Gewaltverzicht ist nicht nur problematisch, sondern auch unrealistisch. Dies schließt aber nicht aus, daß Gewaltlosigkeit ein Verhaltensprinzip bilden kann, das nur in Ausnahmesituationen durchbrochen wird. Z.Z. Jesu hatte die Mahnung zur Gewaltlosigkeit einen aktuellen Anlaß. Die von fanatischen Juden immer wieder gegen die römische Besatzungsmacht durchgeführten Guerilla-Aktionen, wie wir heute sagen, waren aussichtslos und hatten fatale Folgen. Jesus wollte mit dieser Seligpreisung schlagwortartig klarmachen, daß Landbesitz als Situationsänderung nur mit Gewaltlosigkeit erreicht werden kann.

2.3.1 Gewaltverzicht als Problem und Aufgabe

Gewaltverzicht ist ein Ideal, ein Ziel und soll immer als erste Verhaltensalternative in Betracht gezogen werden. Es gibt Situationen, in denen nur (Gegen)Gewalt die angemessene Reaktion darstellt und Gewaltlosigkeit nicht nur aussichtslos, sondern auch unverantwortlich wäre. Totaler, d.h. absoluter Gewaltverzicht ist daher unrealistisch.

Gezeigter Verzicht auf Gewalt kann aber ein Gebot der Klugheit sein, um körperlichen Schaden zu vermeiden oder gar das Leben zu retten. Wer einem überlegenen Feind Widerstand leistet und sich nicht ergibt, kann nicht mit Nachsicht rechnen und riskiert sein Leben. Widerstand wird nicht mit angemessenen Mitteln überwunden, sondern "gebrochen", was sich in aller Regel als überzogene Gewalt auswirkt.

Gewaltverzicht kann und soll trotz seiner Problematik einen Verhaltensgrundsatz bilden. Damit dieser Grundsatz nicht als Alibi (im Falle seiner Nichtanwendbarkeit) mißbraucht werden kann, sondern als Verpflichtung wirkt, ist die Einhaltung folgender Mindestregeln unerläßlich:

Verfahrensweisen für gewaltlose Lösungen sind ständig weiterzuentwickeln, vor Gewaltanwendung sind alle Möglichkeiten für eine friedliche Regelung auszuschöpfen, (Gegen)Gewalt darf nur als allerletztes Mittel und in angemessener Form angewandt werden.

2.3.1.1 Gewaltverzicht in aussichtsloser Situation

Zur Rechtfertigung des totalen Gewaltverzichts wird oft die Aufforderung Jesu zitiert: "Wenn *dich einer auf die rechte Wange schlägt, dann halt ihm auch die andere hin*" (Mt 5,39).

Diese Situation ist nur vorstellbar, wenn der Schlag mit dem Rücken der rechten Hand erfolgt. Eine derartige Züchtigung erscheint ungewöhnlich, weil normalerweise die linke Wange das Ziel der rechten Hand ist.

Ein Schlag mit dem Handrücken ist nicht nur eine Züchtigung sondern auch eine Demütigung. Nach dem Talmud ist bei einer Ohrfeige "mit verkehrter Hand" eine doppelte Wiedergutmachung fällig. Die Begründung lautet: "*Der Schlag mit dem Handrücken schmerzt zwar weniger, gilt aber als Geste der Verachtung, die zweifach bloßstellt und blamiert*" *(42)*

Wahrscheinlich hat Jesus bei den zitierten "Wangenworten" an die häufigen Übergriffe der römischen Besatzungssoldaten gedacht.

Diese Annahme wird dadurch gestützt, daß in dem gleichen Abschnitt des Neuen Testaments eine weitere Aufforderung im gleichen Sinne steht: „*Und wenn dich einer zwingen will, eine Meile mit ihm zu gehen, dann geh zwei mit ihm*" (Mt 5,41). "Gehen" bedeutet in diesem Falle eine Last tragen. Hier handelt es sich um den römischen Frondienst (Angareia) zu dem die Juden gezwungen wurden . (43)

Durch das aufrührerische Verhalten der Zeloten (S. 2.3) waren die Römer gereizt, provozierten bei jeder Gelegenheit die Juden und suchten Anlässe, sich zu rächen. Es ist keine Frage, was geschah, wenn sich ein Jude wehrte. Günstigstenfalls wurde er für längere Zeit ein Pflegefall oder für immer ein Invalide. Widerstand war für die Römer Aufstand, der mit Gewalt gebrochen wurde. Die aussichtslose Verteidigung der Ehre stand in keinem Verhältnis zu deren Folgen.

Jesus war ein Realist, der sicher nichts von Heldentum hielt. Er wollte zur Besonnenheit raten, um Konflikte und Leid zu vermeiden, von denen es ohnehin zuviel gab.

Jesus bot auch nicht die andere Wange dar, als ihm beim Verhör durch den Hohenpriester ein Knecht ins Gesicht schlug. Er entgegnete vielmehr, was als Zurechtweisung klang: „*Wenn es nicht recht war, was ich gesagt habe, dann weise es nach; wenn es aber recht war, warum schlägst du mich*" (Joh 18,23)?

Die "Wangenworte" können verschieden interpretiert werden. Die nächstliegende Deutung ohne weiterführende Spekulationen enthält folgende Gedanken: Die "Wangenworte" beziehen sich auf eine ganz bestimmte Situation, die sich, was die Aussichtslosigkeit betrifft, jederzeit und überall wiederholen kann. Außerdem soll durch den Verzicht auf eine aussichtslose Gegenwehr größeres Unheil vermieden werden. Indirekt kommt zum Ausdruck, daß der (An)Schein von Feigheit auch angewandte Klugheit sein kann. Aus dieser Sicht haben die "Wangenworte" als Lebensweisheit zeitlose Gültigkeit.

2.3.1.2 Totaler Gewaltverzicht ist unrealistisch

Für die meisten Menschen kommt Gewaltverzicht als absoluter Grundsatz nicht in Frage, weil er die Preisgabe der Selbstbehauptung bedeuten würde.

Ohne Gewalt als Mittel der Verteidigung ist das Gute dem Bösen eine leichte Beute. Wer auf Gewalt in Notwehr verzichtet, nimmt Gesundheitsschäden und evtl. den Tod ohne Chancen einer Verminderung oder Abwendung in Kauf. Ist das Recht auf Unversehrtheit und Leben nicht ein Recht zur Verteidigung, auch wenn (Gegen)Gewalt unerläßlich ist?

Das Hauptgebot (Mt 22,37-39) beinhaltet als gleichwertigen Bestandteil auch die Selbstliebe.

Selbstliebe wirkt sich vorrangig als Selbsterhaltung und Selbstentfaltung aus. Das Recht zur Selbstliebe ist ein Recht zur Verteidigung, und wenn es sein muß, auch zur (Gegen) Gewalt. Gewalt als letztes Mittel der Verteidigung führt den Verhaltensgrundsatz der Gewaltlosigkeit nicht ad absurdum.

Der Gewaltverzicht wird als unrealistische Forderung besonders deutlich, wenn sie an den Staat gerichtet wird.

Der Verzicht auf Gewalt wäre für den Staat die Preisgabe des wichtigsten Ordnungsmittels und gleichbedeutend mit der Duldung von gesellschaftlichem Chaos. Für Völker wäre Gewaltverzicht eine Gefährdung ihrer Selbstbestimmung und damit ihrer Freiheit. Da der Einzelne seinem Volk verpflichtet ist, kann er sich seinem Anspruch auf Verteidigung nicht entziehen, die Gewaltanwendung einschließt.

Daraus ergeben sich grundsätzliche Fragen zur Gewaltanwendung. Hat Jesus bei der Seligpreisung der "Sanftmütigen" wirklich an einen totalen Gewaltverzicht gedacht oder geht es ihm nur um eine verantwortungsvolle und vertretbare Gewaltanwendung?

Bei der Suche nach Antworten kann davon ausgegangen werden, daß Jesus zwar nicht einfach zu erfüllende, aber trotzdem sehr realistische Forderungen stellte. Er wandte sich nie in allgemeiner Form an sein Volk, sondern ganz konkret an seine Zuhörer. Dementsprechend sollten seine Zuhörer seine Worte in ihrem Leben verwirklichen. Es ist anzunehmen, daß Jesus nicht an das staatliche Gewaltmonopol gedacht hat, weil dessen Abschaffung illusionär gewesen wäre und weiterhin ist. In dem Maße aber, in dem in den zwischenmenschlichen Beziehungen die Nächstenliebe die Gewalt und kriminelles Verhalten verdrängt, kann der Staat auf Gewaltanwendung verzichten. Es liegt also an den Menschen, wie und ob obrigkeitliche Gewalt angewandt wird. Jesus setzt daher den Hebel für eine Situationsänderung an der wirksamsten Stelle, bei den einzelnen Menschen an.

Die Zusammenfassung mündet in die Frage, wie kann Gewaltverzicht als Verhaltensgrundsatz in zwischenmenschlichen Beziehungen verwirklicht werden?

2.3.1.3 Gewaltverzicht als Verhaltensgrundsatz

Verzicht auf Gewalt ist ein Verhaltensgrundsatz, wenn er sich auf alle Lebensbereiche erstreckt und nur in Notwehr durchbrochen wird.

Das Problem besteht in der Feststellung, wann die Sanftmütigkeit endet und die Gewalt beginnt. Wenn berechtigte Interessen anderer Menschen verletzt werden, liegt Gewaltanwendung vor. Hier kann es sich um objektiv bewertbare Tatbestände oder auch um subjektives Empfinden handeln. Die letztere Schadenskategorie ist problematisch und läßt sich nur durch eine selbstkritische Einstellung bewertbar machen. Eine Orientierung kann das Sprichwort bieten: "*Was du nicht willst, das man dir tu', das füge keinem andern zu*" (19)!

Wenn Gewalt als Handlungsvariante ausscheidet, entwickelt sich ein ganz bestimmtes Verhaltensprofil, das gewissermaßen versachlicht wird und nicht auf Egoismus beruht. Vorsicht, Rücksicht und Nachsicht prägen das eigene Verhalten. Die persönliche Sichtweise bildet nicht mehr die alleinige Perspektive für Beurteilungen. Die Beantwortung der Frage, "*wie wirkt mein Tun und Lassen auf andere*" wird zu einem Kontroll-, und Steuerungsmittel. Maßnahmen werden dahingehend überdacht, ob sie als indirekte Gewalt empfunden werden könnten.

Die Grundeinstellung, aus der Gewaltlosigkeit entsteht, schafft friedliche Mittel zur Erreichung und Sicherung von Zielen sowie zur Konfliktbewältigung.

Hierunter fallen z.B. eine faire Verhaltensweise, Überzeugung, Kompromisse, Interessenausgleich, Toleranz, Ausdauer und Zuverlässigkeit. Eine organisatorische Überordnung / Unterstellung wirkt nicht als Herrschaftsverhältnis, sondern kann als Partnerschaft erfahren werden. Die eigene Überlegenheit wird nicht zum Nachteil der anderen ausgenützt und physische Gewalt bleibt für Selbstverteidigung reserviert.

Die Sanftmut ist der Gewalt kurzfristig immer unterlegen. Mittelfristig und insbes. langfristig wirkt sich die Überlegenheit der Sanftmut aber aus, weil Gewaltlosigkeit eine natürliche, d.h. gottgewollte Verhaltensweise ist. Gewalt ist im Sinne der Schöpfungsordnung kein ursprüngliches Mittel, sondern ein von den Menschen geschaffener Ersatz, um sich auf widernatürliche Weise und möglichst einfach ungerechtfertigte Vorteile zu verschaffen.

Gewalt ist immer Lieblosigkeit und damit ein Verstoß gegen das Hauptgebot.

2.3.1.4 Mahnung zur Gewaltlosigkeit

Ben-Chorin ist der Meinung, daß die Seligpreisung der Sanftmütigen als Mahnung zur Gewaltlosigkeit an die Adresse der Zeloten verstanden wurde (20).

Die Zeloten ("Eiferer") waren eine Vereinigung militanter Juden, die heute als Freiheitskämpfer bezeichnet würden. Die Römer nannten sie abschätzig "Räuber" (44). Die Zeloten sahen in ihrem Kampf gegen die verhaßte Besatzungsmacht der Römer ein gottgefälliges Werk. Der jüdisch-römische Krieg 66-70 ging auf ihr Konto. Er endete mit der Zerstörung Jerusalems und des Tempels durch Titus. Damit fand auch die Opfertradition und das Priestertum bei den Juden ein Ende. Die Nichtbeachtung der Mahnung Jesu zur Gewaltlosigkeit kam dem jüdischen Volk teuer zu stehen.

Die Auflehnung gegen die Römer wurde in weiten Kreisen der Juden nicht nur als nationale Pflicht, sondern auch als göttliches Gebot verstanden, weil in der Tora gefordert wird "*Nur aus deinen Stammesbrüdern darfst du jemand über dich als König setzen; einen Ausländer, der nicht dein Stammesbruder ist, darfst du nicht über dich setzen*" (Dtn 17,15). Diese Schriftstelle regt nicht zur Duldung an. Wo Duldung aber nicht für Ruhe sorgt, ist Gewalt die Antwort. Die Folgen von Gewalt gegen die Römer waren für die Juden Zerstörung, Leid und Tod.

Es ist nicht ausgeschlossen, daß sich sogar unter den zwölf Aposteln drei oder fünf Zeloten oder ehemalige Zeloten befunden haben. Lapide findet in den Evangelien Hinweise, die eine derartige Folgerung zulassen (21).

Jesus hat der Gewalt die Sanftmut entgegengestellt. Er setzte auf die Kraft des Guten, die schließlich das Böse überwindet. Es ging Jesus darum, sein Volk von Gewaltanwendung abzuhalten und ihm den Frieden zu bewahren. Der Teufelskreis von Gewalt und Rache sollte durchbrochen werden.

2.3.2 "Denn sie werden das Land erben" (Mt 5,5).

Frühere Übersetzungen lauten:

"denn sie werden das Land zu Besitz erhalten" und
"denn sie werden das Land besitzen".

Die Formulierung "erben" ist gehaltvoller, weil zum Ausdruck kommt wie der Landbesitz erlangt werden kann.

Diese Seligpreisung, die eine Chance zum Landbesitz aufzeigt, kann verschieden ausgelegt werden. Die einzelnen Deutungen bilden keine Widersprüche, sondern sinngemäße Erweiterungen, deren Aktualität bis in die Gegenwart reicht. Der tragende Inhalt ist die Gewaltlosigkeit, die langfristig zu Landbesitz führt.

"Erben" kann nicht nur als Hoffnung, sondern auch als Trost und friedliche Alternative zu Gewalttätigkeit verstanden werden. "Land" läßt sich verallgemeinern und heute sogar auf die Erde übertragen.

2.3.2.1 Erben ist Hoffnung und Trost

Mit "Land" ist Israel gemeint. Den Hintergrund dieser Seligpreisung bildet der Psalm 37,11: "Denn die Demütigen* werden das Land erben", den Lapide wie folgt kommentiert:

" 'Das Land ererben' ist im Hebräischen zu einem geflügelten Wort geworden, das ursprünglich den Kleinbauern und den Pächtern in Galiläa den Besitz der Scholle zusagte, eine äußerst revolutionäre Zusage, die alle Weltflucht Lügen straft, denn sie spricht mit gut biblischem Realismus von dieser irdischen Landwirtschaft, die denen gehören soll, die im Schweiße ihres Angesichtes den Boden bebauen. Aber das Wort wurde bald ausgedehnt zum Inbegriff der Gottesgerechtigkeit, also einer verkehrten Welt, in der die Ersten die Letzten und die Letzten die Ersten sein werden (...)" (22).

Die Kleinbauern und Pächter hatten sicher ein schweres Los und fühlten sich unterdrückt und ausgebeutet. Solche Empfindungen wecken Unzufriedenheit und sind für Parolen zur gewaltsamen Veränderung der Verhältnisse empfänglich. Lediglich die sichere Hoffnung auf eine bessere Zukunft

*) Auch als "Elende" und "Arme" übersetzt

wirkt als Trost und vermag revolutionäre Regungen zu verdrängen.

Aus Psalm 37,11 kann erschlossen werden, daß der gegenwärtige unbefriedigende Zustand normal, also gottgewollt, aber nicht endgültig ist.

Eine Besitzstandsänderung wird von Gott zum Preis der Gewaltlosigkeit verheißen. Damit wird nicht nur Trost für die Gegenwart gespendet, sondern auch Hoffnung für die Zukunft erweckt. Durch diese geistigen Kräfte kann das Schicksal ertragen und auf Gewaltanwendung verzichtet werden. Geduld ohne Gewalt ist die Voraussetzung für die Erfüllung der Verheißung von Land.

2.3.2.2 Erben anstatt erkämpfen

"Erben" ist eine Art von beschenkt werden. Für Menschen, die mittellos und machtlos sind, ist schenken die einzige Möglichkeit, um "Land zu Besitz (zu) erhalten".

Verheißenes Land, das nicht nur eine Hoffnung, sondern eine Gewißheit bildet, wird als großer Glücksfall empfunden. Dieses Glück spendet Trost, der schwere Lebensbedingungen erträglich macht. Eine Situation, die nicht "trostlos" ist, bietet keinen Grund für gewaltsame Änderungen.

"Vererbung" ist als Schenkung ein freiwilliger Akt, der auch unterlassen werden kann. Eine Unterlassung erfolgt, wenn das Erbe nicht verdient wird, d.h. der Erbe sich anstößig, unangemessen und unwürdig verhält. Zu den ausschließenden Gründen zählt Gewalttätigkeit, weil sie gefährlich, schädlich und unmoralisch ist. Die Unterstützung von Gewalttätigkeit durch Überlassung eines Erbes wäre daher nicht nur unklug, sondern auch verantwortungslos.

Es ist verständlich, daß Gewalttätigkeit keine Bereitschaft zum Vererben aufkommen läßt. Dabei geht es ums Prinzip und es ist unerheblich, ob es sich um Land oder andere Werte handelt.

Die Landverheißung hat sicher auch eine generelle und für alle Zeiten gültige Bedeutung. Mit ihr kommt zum Ausdruck, daß Gewalt kein Mittel ist, um zu Besitz zu gelangen. Für Arme kann Besitzzuwachs nur als Geschenk erfolgen, das mit "erben" bildhaft dargestellt wird.

2.3.2.3 Das "Land" ist die Erde

Für die griechische Textgrundlage ist "das Land" nicht Israel, sondern "die Erde" (23). Damit erhält die Seligpreisung für die Juden eine weltweite Dimension, die von der Wirklichkeit bestätigt wird. In der heutigen Zeit hat diese Seligpreisung den Höhepunkt ihrer Realität erreicht.

Das vorhandene Atomwaffenarsenal (41) kann die Welt nicht nur einmal, sondern mehrmals zerstören. Friede als Frucht der Gewaltlosigkeit ist daher für die Menschheit nicht nur zu einer Frage des Landbesitzes, sondern des Überlebens geworden.

Weitere Beispiele können darin gesehen werden, daß auf Gewalt aufgebauten totalitären Staaten keine lange Lebensdauer beschieden ist. Das "1000-jährige (3.) Reich" fand schon nach 12 Jahren ein gewaltsames und katastrophales Ende. Die Geschichte kennt noch weitere Beispiele. In jüngster Zeit konnten wir sogar erleben, daß totalitäre Regime ohne äußere und innere Gewalteinwirkung zusammenbrechen können. Die kommunistischen Staaten des Ostblocks konnten wegen zunehmender eigener Schwäche nicht überleben. Gewalt ist kein natürliches Mittel im Sinne der Ausgewogenheit, Entwicklung und Freiheit, sondern ein Ersatz, dessen letztlich unausgleichbare Mängel einer Beständigkeit enge Grenzen setzen.

2.4 "Selig, die hungern und dürsten nach der Gerechtigkeit; denn sie werden satt werden" (Mt 5,6).

"Hungern und dürsten" kann leicht den Eindruck passiven Verhaltens erwecken. Ergebene Hinnahme von Unrecht, Notlagen und Leid als zu ertragendes Schicksal, wenn Engagement das Gebot der Stunde ist, reicht für eine Seligpreisung wohl kaum aus. Lapide übersetzt daher "die nach dem Recht-Schaffen hungern und dürsten" (24) und weist damit den Weg für die Deutung einer aktiven Verhaltensweise, die zugleich diese Schriftstelle leichter verständlich macht.

Hungern und dürsten nach der Gerechtigkeit ist eine wichtige Mangelempfindung, deren Ausgleich den Glauben lebendig erhält und sein Wachsen fördert. Die Suche nach Gelegenheiten Recht zu schaffen, ist eine ständige Notwendigkeit für die Verbesserung des Zusammenlebens der Menschen.

2.4.1 "Hungern und dürsten": Eine lebenswichtige Mangelempfindung

Hunger und Durst sind Mangelempfindungen, deren Befriedigung lebensnotwendig ist und die nicht ohne leiblichen Schaden verzögert werden kann. Die Schwerpunkte dieser Feststellung bilden "lebensnotwendig" und "ohne Verzögerung".

Viele Menschen befinden sich in Not, die Hunger und Durst zu ständigen Begleitern machen. Die Notleidenden können sich nicht in ihr Schicksal ergeben, weil das ihr Ende bedeuten würde. Sie müssen sich tagtäglich auf die Suche nach Eß- und Trinkbarem begeben, damit sie (über)leben können. Das Ergebnis der Nahrungsbeschaffung ist meist kärglich und reicht nicht zur Anlage von Vorräten. Nur tägliche Bemühungen können die größte Not lindern.

Dieses von hungern und dürsten gezeichnete Bild -das in seiner Aussagekraft und Eindringlichkeit nicht gesteigert werden kann- läßt sich ohne Einschränkung auf die "Gerechtigkeit" übertragen, an der immer ein Mangel herrscht.

Auch hier gilt, daß Schaffen von Gerechtigkeit für den Glauben lebensnotwendig ist, weil ohne sie der Glaube ein Anspruch ohne Wirklichkeit bleibt. Zudem muß Gerechtigkeit ohne Verzögerung verwirklicht werden, da jede versäumte Gelegenheit als Stachel der Ungerechtigkeit empfunden wird und als Zeichen von Unglaubwürdigkeit erscheint. Aus Wahrhaftigkeit entsteht die Erkenntnis, daß trotz aller Bemühungen ein ständiges Defizit an Gerechtigkeit herrscht. Wie Hunger und Durst stellt sich immer wieder Mangel an Gerechtigkeit ein. Die meisten Menschen sind zudem arm an Gerechtigkeit, wobei auch Frömmigkeit keine Garantie gegen Versagen bildet, und sollten sich daher mit wachem Bewußtsein ständig darum bemühen, um ihren Glauben nicht zu beeinträchtigen oder zu verlieren.

2.4.2 Gerechtigkeit suchen: Eine ständige Notwendigkeit

Das Leben ist in ständiger Entwicklung begriffen und seine Erscheinungsformen ändern sich laufend. Gerechtigkeit ist daher kein bleibender Besitz, sondern muß immer neu gesucht, geschaffen und bewahrt werden.

Suchen beruht auf einer Mentalität, der Gleichgültigkeit fremd ist, die sich mit dem Bestehenden nicht zufrieden gibt und für die neue Erkenntnisse eine Notwendigkeit bilden. Suchen bringt auch den großen Wert der Gerechtigkeit zum Ausdruck, der ein unablässiges Engagement verdient. Es ist auf die Notlagen der Menschen ausgerichtet, die in allen Lebensbereichen bestehen, die aber nur mit sehenden Augen und hörenden Ohren wahrgenommen werden können.

Die Verwirklichung der Gerechtigkeit, die im Sinne Jesu (S. 1.2.4) zu verstehen ist, darf sich nicht auf den privaten Bereich beschränken. Wenn Menschen aus eigener Schwäche mit der "Gerechtigkeit" Schwierigkeiten haben, sollen sie von Christen unterstützt werden, die die geistige Einsicht und moralische Kraft besitzen. Alle Gläubigen sind aufgerufen, die Gerechtigkeit zu suchen, und sich für sie entsprechend ihren Möglichkeiten und Fähigkeiten einzusetzen. Im Zeitalter der Globalisierung geht es auch darum, Gerechtigkeit selbst dort zu schaffen, bzw. ihre Verwirklichung zu unterstützen, wo eine persönliche Anwesenheit nicht möglich ist. Die zahlreichen Medien und Kommunikationsmittel und -kanäle bieten hierfür wirksame Möglichkeiten.

Gerechtigkeit suchen heißt, sie bewußt zu machen, sie zu schaffen und zur Wirkung zu bringen.

Es genügt nicht, mit hehren Worten von der Gerechtigkeit zu reden, was nicht selten wie die Absolvierung einer Pflichtübung klingt, der das innere Feuer zur Vermittlung einer Überzeugung fehlt. Die Worte müssen zu Taten führen und die Taten sollen die Worte bestätigen. "Hirten", Leiter, Lehrer, Priester und Pastoren, wie immer sie sich fühlen und bezeichnen mögen, dürfen sich nicht mit Appellen begnügen, die in gewissen Abständen oder aus gegebenen Anlässen erfolgen. Ihre Aufgabe ist es vielmehr, die Menschen –auch außerhalb ihres Betreuungskreises– für die Notwendigkeit zu schaffender Gerechtigkeit zu sensibilisieren und die ihnen Anvertrauten für die Verwirklichung zu motivieren, zu befähigen und zu unterstützen. Schon ernsthafte und nachhaltige Versuche, Gerechtigkeit zu schaffen, bewirken Gutes. Sie bestätigen die Engagierten, ermutigen die Zaudernden, wecken Hoffnung bei den Verzagten und zeigen allen, daß es Kräfte in der Gesellschaft gibt, denen Schaffen von Gerechtigkeit ein Anliegen ist.

2.4.3 "Denn sie werden satt werden" (Mt 5,6).

In der Bibel wird Gott auch als der "Gerechte" bezeichnet. Wer Recht schafft, handelt im Sinne Gottes, gewissermaßen für IHN und an seiner Stelle.

Es entspricht der menschlichen Logik, daß gute Taten einen gewissen Wert besitzen und eine Registrierung mit späterer Belohnung im Himmel erfolgt. Diese Sichtweise wird vom zweiten Teil der Seligpreisung "denn sie werden satt werden" bestätigt. Die Sättigung weist auf den Himmel und die sprachliche Form des "Passivum Divinum" (S. 1.4) ersetzt aus jüdischer Ehrfurcht den Namen Gottes als Ausführenden.

"Satt werden" bezieht sich nach dem Zusammenhang der Seligpreisung auf die Gerechtigkeit.

Wem Gerechtigkeit in biblischem Sinne zuteil wird, der wird in den Stand der Gerechten versetzt, was Vergebung der Sünden und Nachlaß ihrer Konsequenzen bedeutet. "Satt" ist ein Maß an Vergebung und Nachlaß, das nicht mehr gesteigert werden kann. Das durch Fehlverhalten gestörte Verhältnis zu Gott wird damit vollkommen bereinigt. Folgende Worte Jesu weisen in diese Richtung: "*Denn wie ihr richtet, so werdet ihr gerichtet werden, und nach dem Maß, mit dem ihr meßt und zuteilt, wird euch zugeteilt werden*" (Mt 7,2).

2.5 "Selig die Barmherzigen, denn sie werden Erbarmen finden" (Mt 5,7).

Barmherzigkeit ist eine Eigenschaft Gottes, die auch die Verhaltensweise der Menschen bestimmen soll. Jesus sagte: "*Seid barmherzig, wie es auch euer Vater ist*" (Lk 6,36)!

In heutiger Sprache ausgedrückt ist Barmherzigkeit eine soziale Verhaltensweise, mit der Bedürfnisse von Menschen, die sie nicht selbst befriedigen können, wenigstens teilweise ausgeglichen werden.

Ein Bedürfnis ist, allgemein gesprochen, eine Mangelempfindung, die auf Ausgleich drängt. In dem Maße, in dem Bedürfnisse unbefriedigt bleiben, besteht Armut. Armut darf nicht als Schicksal betrachtet, sondern muß als Herausforderung für tätige Nächstenliebe und Ausdruck der Barmherzigkeit aufgefaßt werden. Da Menschen unter geistigen und materiellen Bedürfnissen leiden, macht die Kirche beide Bereiche zu Aufgaben, die "geistliche" und "leibliche Werke der Barmherzigkeit" umfassen.

Die Ausübung von Barmherzigkeit ist eine Antwort auf bestehende Bedürfnisse und eine Verpflichtung für Christen.

Das soziale Netz ist in unseren Landen ziemlich engmaschig, kann aber trotzdem nicht alle Bedürftigen aufnehmen. Die Betreuungslücke, die soziale Einrichtungen nicht schließen können, soll durch ehrenamtliches Engagement ausgefüllt, mindestens verkleinert werden. Hier handelt es sich insbes. um menschliche Kontakte, die für professionelle Hilfe eine Unterforderung und für das Ehrenamt keine Überforderung darstellen. Barmherzigkeit ist ein unersetzlicher Dienst, der nicht mit Frömmigkeit und Spenden abgegolten werden kann. Eine Unterlassung ist daher ein schwerer Verstoß gegen das Hauptgebot und damit gegen den Willen Gottes.

Christen, die Barmherzigkeit nicht erfahrbar machen, erregen Ärgernis wegen ihrer Unglaubwürdigkeit.

2.5.1 "Geistliche Werke der Barmherzigkeit"

Zu diesen "Werken" zählen: "Belehren, raten, trösten, ermutigen, vergeben und geduldig ertragen" (25).

Hier handelt es sich um soziale Verhaltensweisen auf geistigem Gebiet, deren Bedeutung und Bedarf heute größer ist denn je. Die gesellschaftlichen Verhältnisse wandeln sich heute viel schneller als früher, sodas die Anpassung schwieriger und das Risiko des Scheiterns größer geworden sind. Viele Menschen geraten in Schwierigkeiten, weil sie ohne geistige Unterstützung den erhöhten Leistungsanforderungen nicht gerecht werden können. Ein Hinweis auf die neue Situation bei Stellungs- und Wohnungswechsel, Arbeitslosigkeit und Verlust des Lebenspartners möge als Erklärung genügen.

Die frühere Beständigkeit als Existenz-Prinzip ist der Unbeständigkeit als (neue) Normalität gewichen, die Flexibilität und Mobilität genannt wird.

Eine Bedeutung der "geistlichen Werke" liegt auch darin, daß sie materielle Schwierigkeiten verhindern, abschwächen oder beseitigen helfen.

BELEHREN kann als informieren und RATEN als (mit)teilen von Wissen und Erfahrung verstanden werden.

Wenn TRÖSTEN auch sehr schwierig ist, so wird der Versuch doch als Anteilnahme geschätzt, womit ein Zweck erreicht wird.

ERMUTIGUNG ist eine Art der Anteilnahme, die zur Vertiefung persönlicher Beziehungen beitragen, sowie das Selbstvertrauen stärken und neue Gestaltungskräfte wecken kann.

Die menschliche Unvollkommenheit führt dazu, daß häufig gegen das Hauptgebot der Nächstenliebe verstoßen wird.

VERGEBUNG ermöglicht immer wieder einen Neubeginn und kann die Qualität der zwischenmenschlichen Beziehungen verbessern.

GEDULDIG ERTRAGEN ist mehr als tolerantes Verhalten. Toleranz ist Achtung der Meinung (Wertvorstellungen) und (berechtigter) Interessen anderer.

"Ertragen" ist die Hinnahme von nicht geschätzten menschlichen Schwächen, was durch "geduldig" noch verstärkt wird.

2.5.2 "Leibliche Werke der Barmherzigkeit"

Unter diesen Begriff fallen:
"die Hungrigen speisen, Obdachlose beherbergen, Nackte bekleiden, Kranke und Gefangene besuchen und Tote begraben" (25). Diese religiösen Pflichten bilden (mit Ausnahme von "Tote begraben") auch die Kriterien des Weltgerichts (Mt 25,35-44*). Heute haben sie eine andere Gewichtung und andere Formen der Durchführung angenommen. Damit ist aber weder der Bedarf entfallen, noch die christliche Verpflichtung aufgehoben.

Die "leiblichen Werke der Barmherzigkeit" können durch die veränderten gesellschaftlichen Verhältnisse -bis auf "besuchen"- nicht mehr wie einstens erbracht werden. Die Fürsorge wird von kommunalen und staatlichen Stellen, sowie von sozialen Einrichtungen (auch der Kirchen) übernommen.

Das Engagement soll sich daher u.a. auf die Sensibilisierung der Öffentlichkeit für bestehende Notlagen, das Hinwirken auf angemessene Aufgabenerfüllung und finanzielle Unterstützung verlagern. Dieses Ziel läßt sich durch persönliche Kontakte auf politischen Ebenen und durch die Medien erreichen. So ein Engagement kann von vielen Menschen wahrgenommen werden, wobei häufigen Kontakten auf verschiedenen Ebenen eine besondere Wirksamkeit zukommt. Die Kirchen sind berufen, die sozialen Kräfte zu sammeln, zu ermutigen, zu Interventionen zu befähigen und ggf. die Führung von Aktionen zu übernehmen.

Von großer Bedeutung ist "Kranke und Gefangene besuchen". Im Sinne der Seligpreisung und des Bedarfs muß aber sowohl die Zielgruppe als auch der Dienst erweitert werden.

---

*) Siehe 4. Kapitel

Alle Menschen, die ungewollt einsam und damit vereinsamt sind, soll ein Teil der verlorenen Lebensqualität durch teilen von Zeit in Besuchen zurückgegeben werden. Dadurch kommen unterhaltsame, aufbauende oder befreiende Gespräche zustande, die ein drängendes Bedürfnis bilden, das auf andere Weise nicht befriedigt werden kann.

Eine andere Gruppe von Bedürftigen, die sich mit den Einsamen teilweise überschneidet, sind Menschen, die das Haus entweder nicht oder nicht allein verlassen können. Ein Ausgleich kann nur durch Begleitung oder Besorgungen geschaffen werden. Wo soziale Einrichtungen wegen zu geringer Anforderungen nicht zuständig sind, ist ehrenamtliches Engagement gefordert.

Einzelne werden von derartigen Diensten leicht (qualitativ) überfordert und (quantitativ) überlastet, weshalb sie sich trotz innerer Bereitschaft auf keine Mitarbeit einlassen. Die Hemmschwelle kann nur durch einen organisierten "Besuchs-Dienst" abgebaut werden, der einerseits den persönlichen Einsatz genau definiert und andererseits eine Garantie gegen jede unliebsame "Überraschung" bietet. Außerdem kann ein Besuchsdienst professionelle Betreuung in den Fällen vermitteln, in denen ehrenamtliche Helfer an die Grenzen ihrer Möglichkeiten stoßen.

Diese Forderungen können am besten Kirchen erfüllen, weil Barmherzigkeit einen Grundpfeiler ihrer Existenz bildet und sie über ein Mitarbeiterpotential verfügen, das in einem gewissen Umfang in Engagement umgewandelt werden kann. Dazu bedarf es aber ernsthafter, ständiger und nachhaltiger Bemühungen, die auf Sensibilisierung, Motivierung und Mobilisierung ausgerichtet sind.

Anzufügen ist noch, daß gegenüber früher Barmherzigkeit eine geographische Erweiterung erlangt hat.

Nicht nur die persönliche Erfahrung mit Notlagen, sondern das Wissen um ihre Verbreitung verpflichtet. Gemeint sind die Länder der Dritten Welt, für die auch aus kolonialer Ausbeutung Verpflichtungen erwachsen. Im Normalfall kann Entwicklungshilfe durch Spenden unterstützt werden. An Projektträgern verschiedener Couleur besteht kein Mangel.

2.5.3 Barmherzigkeit kann nicht mit Kult abgegolten werden.

Der Opferkult war für die Juden z.Z. Jesu von größter Bedeutung.

Es gab Brand-, Schlacht-, Speise-, Trank- und Rauchopfer, sowie Morgen- und Abendopfer. Nach dem Zweck wurden Reinigungs-, Sünd-, Schuld- und Dank-/Friedopfer, sowie Weihesünd-, und Weihebrandopfer dargebracht. Erstlingsopfer waren verpflichtend. Als Opfertiere kamen nur makellose Rinder, Schafe, Ziegen und Geflügel in Frage. Der Opferkult war perfekt organisiert und wurde, wie angenommen wird, täglich von 300 Priestern und 400 Leviten zelebriert (26).

Die Opferpraxis verflachte zur täglichen Routine und erschöpfte sich in äußeren Riten. Der Sinn der vielfältigen Opfer drang nicht mehr ins Bewußtsein der Frommen, sodass ihre Verrichtung ohne verhaltensmäßige Folgen blieb. Es mußte sogar der Eindruck entstehen, daß mit Opfern allein der Wille Gottes erfüllt werden kann und die Notlagen der Mitmenschen keine Verpflichtung begründen. Das unzutreffende Gottesverständnis hat zu einer falschen Verhaltensweise geführt. Jesus trat diesem Fehlverhalten mit der Forderung entgegen "*Barmherzigkeit will ich, nicht* Opfer" (Mt 9,13;12,7;) und setzte damit die Kritik alter Propheten fort (27).

Jesus hatte zum Opferkult ein distanziertes Verhältnis und konnte daher nicht als Frommer gelten. In den Evangelien ist nicht die geringste Andeutung enthalten, daß Jesus geopfert oder sich für den Opferkult eingesetzt hat. Nach der Tora waren aber alle jüdischen Männer verpflichtet, dreimal im

Jahr den Tempel aufzusuchen und bei dieser Gelegenheit ein Opfer darzubringen (Ex 23,17; Dtn 16,16).

Die Erfüllung des Willens Gottes interpretierte Jesus nicht als äußerliche Gesetzesfrömmigkeit, sondern als Hinwendung zum Nächsten.

Die Worte Jesu "Barmherzigkeit (...), nicht Opfer", die als Mahnung, Kritik und Forderung verstanden werden können, haben auch für Christen nichts von ihrer Aktualität verloren. Barmherzigkeit als persönliche Hinwendung wird heute, von nicht repräsentativen Ausnahmen abgesehen, durch anonyme, spirituelle und rituelle Ersatzleistungen ersetzt. Im Klartext ausgedrückt, für seelisch und materiell Bedürftige wird gebetet, gespendet und (im Gottesdienst) gedacht. Der Glaube wird am Sonntag während einer Stunde in der Kirche gefeiert, nicht aber am Werktag gelebt. An gezeigter Barmherzigkeit und in Bemühungen um den Nächsten können die Christen nicht erkannt werden.

Insbes. Frommen, die die Stützen der Gemeinden bilden und das Image der Kirche prägen, gilt der Vorwurf Jesu: "*Was sagt ihr zu mir: Herr! Herr!, und tut nicht, was ich sage*" (Lk 6,46)?

2.5.4 "Denn sie werden Erbarmen finden"

Zwischen Barmherzigkeit und Glauben besteht ein zwingender Zusammenhang, wie folgende Schriftstellen erkennen lassen:"Wer aber nicht glaubt, wird verdammt werden" (Mk 16,16). "*Wer glaubt, hat das ewige Leben*" (Joh 6,47).

Zur Verständlichmachung, was Glaube ist, gehört auch die Verdeutlichung, was Glaube nicht ist, wie im Brief des Jakobus gefunden werden kann. Demnach ist "*der Glaube für sich allein tot, wenn er nicht Werke vorzuweisen hat*" (Jak 2,17). Als Werke werden beispielhaft "Kleidung" und "das tägliche Brot" (Jak 2,15) für Bedürftige aufgeführt.

Die vorerwähnte Negativanzeige kann auch so formuliert werden, daß es ohne Barmherzigkeit keinen Glauben geben kann.

Im Weltgericht (Mt 25,31-46*) bildet das Hauptgebot -und nicht Frömmigkeit und Fürwahrhalten- den Maßstab und die (leiblichen) Werke der Barmherzigkeit dienen als Kriterien. Jesus identifiziert sich mit den Bedürftigen. An die, die nicht Barmherzigkeit geübt haben, wird der harte Richterspruch ergehen: "*Weg von mir, ihr Verfluchten, in das ewige Feuer, das dem Teufel und seinen Engeln bestimmt ist*" (Mt 25,41)! Diejenigen, die Werke der Barmherzigkeit verrichtet haben, nehmen das Reich in Besitz (Mt 25,34) und gehen in das ewige Leben ein (Mt 25,46). Sie werden nicht nach ihren Sünden, sondern nach ihrer Barmherzigkeit gerichtet und finden damit Erbarmen bei Gott.

2.6 "Selig, die ein reines Herz haben; denn sie werden Gott schauen" (Mt 5,8).

Bei allen Deutungsmöglichkeiten scheint es sich bei "reines Herz" um eine Grundeinstellung zu handeln, die zu einer gottgefälligen Verhaltensweise führt. Der Lohn ist ein Schauen Gottes, das eine Auslegung im Hinblick auf die unergiebigen Ansatzpunkte nicht gerade erleichtert.

2.6.1 "Reines Herz"

In der Umgangssprache gibt es den Ausdruck "ein gutes Herz haben". Wer ein gutes Herz hat, wird für einen guten Menschen gehalten, der durch seine Hilfsbereitschaft und Barmherzigkeit auffällt. Bei gleicher Sichtweise kann unter einem "reinen Herzen" ein Mensch mit einem einwandfreien, untadeligen und moralisch unbeugsamen Charakter verstan-

---

*) Siehe 4. Kapitel

den werden. Diese Eigenschaften klingen zwar profan, können in ihrer Auswirkung aber auch auf das Glaubensleben übertragen werden.

Das Herz gilt volkstümlich als Sitz der Gefühle, wobei der Liebe die größte Bedeutung zukommt.

Gefühle dürfen nicht nur als gute und böse, frohe und traurige, gleichgültige und Anteil nehmende Empfindungen aufgefaßt, sondern müssen auch als Kräfte mit konstruktiver und destruktiver Wirkung verstanden werden. Es ist eine bekannte Tatsache, daß menschliche Verhaltensweisen nicht nur die Folge der Geistestätigkeit sind, sondern auch von Gefühlen gesteuert werden.

Wer ein "reines Herz" hat, ist frei von unreinen Gefühlen und kann die Liebe zum Maßstab des Verhaltens machen. Wer liebt, unterläßt nicht nur Böses, sondern bewirkt auch Gutes. Ein reineres, weil gottgefälliges Gefühl als die (Nächsten)Liebe gibt es nicht und die daraus entstehende Verhaltensweise wirkt sich in jeder Hinsicht positiv aus.

Was ein "reines Herz" ist, kann erst richtig ermessen werden, wenn ein Vergleich mit einem "unreinen" Herzen vorgenommen wird.

Mit "unreine" Gefühle können Neid, Mißgunst, Überheblichkeit, Unversöhnlichkeit und Hass bezeichnet werden. Derartige destruktive Regungen bestimmen die Verhaltensweise und die Qualität der zwischenmenschlichen Beziehungen. Dadurch werden Gemeinschaften belastet oder zerstört. Die meisten zwischenmenschlichen Probleme entstehen in "unreinen" Herzen.

Die Juden deuten "Herz" in einem umfassenderen Sinn und setzen auch einen anderen Schwerpunkt.

Lapide erklärt hierzu, *"daß das hebräische ‚Herz', das über 850mal in der Bibel Jesu vorkommt, nicht so sehr Sitz der Gefühle und des Gemüts ist, sondern eher als das Organ der intellektuellen, rationellen Funktionen gilt, das also, was wir im Deutschen als den Kopf oder das Hirn bezeichnen. Ihm entspringen vor allem die Erkenntnis oder die Verstockung, die Zuneigung, aber vor allem die Willensentschlüsse, die Absichten und das Gewissen"* (28).

2.6.2 "Denn sie werden Gott schauen" (Mt 5,8).

Weil "Gott schauen" eine Seligpreisung ist, kann es sich nur um einen beseligenden Zustand handeln.

In aller Bescheidenheit läßt sich daraus folgern, daß Gott im Himmel "geschaut", d.h. gesehen werden kann. Damit kommt zum Ausdruck, daß den Menschen, die "ein reines Herz haben" nicht nur der Himmel, sondern auch ein Platz in der Nähe Gottes sicher ist. Keine Belohnung kann größer sein und die Glückseligkeit kann nicht weiter gesteigert werden!

Diejenigen, die kein "reines Herz haben", werden demnach Gott nicht schauen. Mit anderen Worten, sie sind von der Anschauung Gottes ausgeschlossen. Alles Weitere wären Spekulationen.

Dies ist wohl die engste Deutung dieser Worte, die auch Lapide in ähnlicher Weise und u.a. vorgenommen hat (29). Nähere Umstände wie z.B. wann und wie verlieren dabei ihre Bedeutung und es stellt sich die Frage, ob weiteres Nachdenken sinnvoll ist. Die Aussage enthält keine Ansatzpunkte für zusätzliche Folgerungen und aus Ehrfurcht vor Gott soll mit Spekulationen in Glaubensdingen mit großer Zurückhaltung umgegangen werden.

Lapide hat "Gott schauen" in sieben Versionen gedeutet (30) und sich in einer Fassung, die ich für zitierenswert halte auf Hebr. 12,14 bezogen: "*Jagt dem Frieden nach und der Heiligung, ohne die niemand den Herrn sehen wird*". Die Folgerung, die Lapide aus dieser Schriftstelle zieht, lautet folgendermaßen:

"'Gott schauen' könnte dann heißen: Gottes Wirklichkeit durchschauen, hinter den Dingen und im Herzen der Menschen seine Macht erleben und erfahren, daß er wirklich und wirksam ist" (31).

2.7 Selig, die Frieden stiften; denn sie werden Söhne Gottes genannt werden (Mt 5,9).

Die Seliggepriesenen werden verschieden übersetzt und als "Friedfertige", "Friedensstifter" oder "Frieden Schaffende" bezeichnet. Die letztere Bezeichnung habe ich für meine Deutung zugrundegelegt, weil die darin zum Ausdruck kommenden Bemühungen die Seligpreisung verständlicher machen und die übrigen Verhaltensweisen unzulänglich erscheinen.

Die "Friedfertigen" erwecken den Eindruck, sich passiv zu verhalten, indem sie den Frieden einhalten und für ihn bereit sind, sich aber nicht für ihn einsetzen. Die "Friedensstifter" scheinen Frieden zu stiften, wenn Möglichkeiten bestehen, ohne aber die Gelegenheiten hierfür zu suchen und zu schaffen.

Der Friede ist nach dem Willen Gottes ein natürlicher Zustand, in der Welt aber, im Großen wie im Kleinen, keine Selbstverständlichkeit und keine Normalität. Durch die menschliche Unvollkommenheit ist der Friede ständig gefährdet und muß immer wieder hergestellt werden, wenn das Zusammenleben der Menschen nicht unerträglich werden soll.

Die Erhaltung und die Schaffung von Frieden ist eine ebenso große wie schwierige Aufgabe, die eine ständige Herausforderung darstellt. Für den Frieden muß Kreativität, Beharrlichkeit, Toleranz, Kompromißbereitschaft und guter Wille investiert und falscher Stolz geopfert werden. Außerdem ist eine selbstkritische Einstellung unerläßlich, die eine objektive Erkenntnis der Problematik ermöglicht.

Jesus geht es um die Gestaltung der zwischenmenschlichen Beziehungen, die nicht von höheren Mächten bestimmt wird, sondern von dem guten Willen der Beteiligten abhängt. Wenn der Frieden im Kleinen -zwischen wenigen Menschen- gelingt, kann er im Laufe der Zeit weitere Kreise ziehen. Der Friedensvermittlung durch Unbeteiligte kommt dabei eine große Bedeutung zu, die leider zuwenig erkannt und viel zu selten ausgeübt wird.

Wie hoch Jesus den (wiedergewonnenen) Frieden und die aufgewandten Bemühungen bewertet, kommt in dem Ehrentitel "Söhne Gottes" für die "Frieden Schaffenden" zum Ausdruck.

2.7.1 Friede: Gefährdetes Gut

Wie andere wertvolle Güter ist auch der Friede einer ständigen Gefährdung ausgesetzt. Gefahr droht von der menschlichen Unvollkommenheit, die sich u.a. in Mißverständnissen und im Egoismus auswirkt.

2.7.1.1 Gefährdung durch Mißverständnisse

Mißverständnisse ergeben sich, wenn Worte mißverstanden oder falsch ausgelegt werden. Wenn keine Klärung erfolgt, können negative Konsequenzen ausgelöst werden, die zwischen Spannungen und Feindschaft liegen.

Gefährliche Mißverständnisse entstehen, wenn sich Menschen anders verhalten als üblich für sie ist oder erwartet wird und daraus ungünstige und unzutreffende Folgerungen gezogen werden. Die Problematik liegt darin, daß sich der (An)Schein nicht mit dem Sein deckt und falsche Vermutung mit wahrem Wissen gleichgesetzt wird.

Wenn die ersten Anzeichen für mögliche Mißverständnisse nicht erkannt oder unterbewertet werden und daher eine Klärung unterbleibt, entwickeln sich zwangsläufig Beziehungsprobleme. Die sich betroffen fühlende Seite beobachtet mißtrauisch und damit nicht objektiv das Verhalten der Gegenseite und findet meistens die negativen Eindrücke bestätigt. Die Folge ist eine veränderte Verhaltensweise, die die Gegenseite irritiert, wodurch äußerlich konsequente, aber die Lage verschärfende Reaktionen ausgelöst werden. Wenn in diesem Stadium keine Klärung erfolgt, sind durch wachsende Überempfindlichkeit und abnehmende Objektivität Spannungen zu befürchten, die die Beziehungen zum Scheitern bringen.

2.7.1.2 Gefährdung durch Egoismus

Der Egoismus, der sich in verschiedener Intensität auswirkt, ist eine Gefahr für den Frieden, weil er auf persönliche Vorteile zu Lasten von anderen ausgerichtet ist.

Die Objekte des 'Egoismus' sind praktisch unbegrenzt. Seine Ziele können mit Macht, Bereicherung, Prestige und (eine Abart von) Liebe zusammengefaßt werden. Die extremen Folgen von Egoismus, der asozial, skrupellos und friedensfeindlich ist, sind geschiedene Ehen, gescheiterte Partnerschaften aller Art und zerbrochene Freundschaften. Diese Folgen können auch bei Mißverständnissen eintreten, wenn sie sich zu Feindschaften entwickeln. Der zerstörte Friede ist meistens nicht ohne Folgen. Sie äußern sich in menschlichem Leid und auch in materiellen Problemen.

Die skizzierten Folgen von Egoismus treten nicht plötzlich ein, sondern sind das Ergebnis einer Entwicklung. Je weiter diese Entwicklung fortgeschritten ist, um so größer ist in der Regel die Feindschaft. Die Frage ist, ob ein solcher Prozeß bis zur Situationsumwandlung ablaufen muß, oder ob er in häufigeren Fällen aufgehalten und in seiner Tendenz "umgepolt" werden könnte.

Diese Frage kann wegen ihrer abstrakten Art zwar nicht beantwortet werden, soll aber zur Vertiefung der Thematik zum Nachdenken anregen, weil sie im Zusammenhang mit der Bewahrung des Friedens eine gewisse Bedeutung besitzt.

2.7.2 Hindernisse bei Schaffung von Frieden

Alle Hindernisse, die die Schaffung von Frieden erschweren oder unmöglich machen, beruhen auf einem falsch verstandenen Stolz.

Auch das Gefühl, im Recht zu sein, ist nur ein vorgeschobener Grund, der den Stolz verdeckt. Bei der Wiederherstellung des Friedens geht es in erster Linie nicht um das Recht, sondern um Wege für einen Ausgleich. Der Rechtsstandpunkt ist für eine Konfliktlösung kontraproduktiv, weil sich beide Parteien im Recht wähnen und daher nichts zur Friedensschaffung unternehmen, sondern eher den Rechtsweg beschreiten.

Die Auffassung ist weit verbreitet, daß ein Friedensangebot einer Erklärung und einem Eingeständnis von Schuld und Schwäche gleichkommt. Damit ist die Befürchtung verbunden, daß die Gesprächsbasis geschwächt werden und das Ansehen leiden könnte. Es ist sehr schwer und für viele unmöglich vom hohen Roß des Rechtsbewußtseins, auch wenn es sich um einen Irrtum handelt, auf einen Esel der Friedensschaffung umzusteigen. Wer "arm im Geiste" ist (S. 2.1.1.1), stellt sich nicht auf den Rechtsstandpunkt, sondern sucht Wege zur Wiedergewinnung des Friedens.

2.7.3 Schaffung von Frieden

Der Friede kann nicht so einfach geschaffen werden, sondern bedarf der Entwicklung einer inneren Bereitschaft, die die Voraussetzung bildet. In welcher Form die Versöhnung erfolgt, hängt von den jeweiligen Umständen ab und ist eigentlich von sekundärer Bedeutung. Entscheidend ist die Erkenntnis der großen Bedeutung des Friedens für das Zusammenleben der Menschen und als Aufgabe des Glaubens. Zu dieser

Erkenntnis gehört der Wille nach Wegen zu suchen, die zur Versöhnung führen.

2.7.3.1 Voraussetzung

Bevor die Voraussetzung für Bemühungen um den Frieden entwickelt werden kann, müssen die bestehenden geistigen Hindernisse überwunden werden. Die Schaffung von Frieden beginnt bei sich selbst, indem über die eigene Rolle bei der Entstehung des Unfriedens kritisch nachgedacht wird. Dabei können sich folgende Fragen ergeben, die ehrlich, d.h. nicht zur Rechtfertigung, sondern zur Klärung -wie bei einer Gewissenserforschung- beantwortet werden sollen:

- Habe ich in der Form unangemessen agiert und reagiert? (Z.B. Übertreibungen, Verallgemeinerungen, unsachliche Argumente, Spitzfindigkeiten und Unhöflichkeiten?)
- Habe ich mich in der Sache fair verhalten? (Z.B. Interessenausgleich, keine Übervorteilung, keine mehrdeutigen Informationen und sorgfältige Einhaltung aller Absprachen und Zusagen)
- Habe ich einen Kompromiß angeboten, bzw. war er (sachlich) tauglich und (menschlich) zumutbar?
- Habe ich meinem Partner eine "goldene Brücke" gebaut, damit er sein "Gesicht" wahren kann?
- Habe ich die "Türe" für eine evtl. spätere Verständigung offen gelassen?
- Habe ich alle Möglichkeiten ausgeschöpft, um den Frieden zu bewahren?
- Habe ich die berechtigten Interessen meines Partners erkannt und richtig bewertet?
- Wie hätte ich mich an Stelle meines Partners verhalten?

Die Antworten auf diese Fragen ergeben Ansatzpunkte für eine Regelung im Sinne der Schaffung von Frieden.

2.7.3.2 Vergebung

Vergebung ist der Weg zum Frieden und zum Neubeginn von menschlichen Beziehungen. Wie unerläßlich Vergebung von Mensch zu Mensch für das eigene Seelenheil ist, hat Jesus eindeutig erklärt: "*Denn wenn ihr den Menschen ihre Verfehlungen vergebt, dann wird euer himmlischer Vater auch euch vergeben. Wenn ihr aber den Menschen nicht vergebt, dann wird euch euer Vater eure Verfehlungen auch nicht vergeben*" (Mt 6,14-15).

Die Vergebung ist von derart elementarer Wichtigkeit, daß Jesus sie nicht nur als Bitte in das Vaterunser (Mt 6,12) aufgenommen, sondern sie auch von der Zusage der Vergebung gegenüber den Menschen, wie in vorerwähnter Schriftstelle ausgeführt ist, abhängig macht.

Wie wichtig Jesus die Versöhnung nimmt und wie wenig ihm dabei das Rechtsbewußtsein gilt und wie ihm die Frömmigkeit zweitrangig erscheint, zeigt er mit folgender Weisung:

"*Wenn du deine Opfergabe zum Altar bringst und dir dabei einfällt, daß dein Bruder etwas gegen dich hat, so laß deine Gabe dort vor dem Altar liegen; geh und versöhne dich zuerst mit deinem Bruder, dann komm und opfere deine Gabe*" (Mt 5,23-24).

Aus dieser Schriftstelle kann entnommen werden, daß

- der Mensch, sobald er sich bewußt wird, daß seine Beziehungen zu einem Mitmenschen gestört sind, sich um eine Versöhnung bemühen soll. Dabei ist unwesentlich, WER sich im Recht fühlt,
- der Mensch sich mit Gott nicht versöhnen kann, bevor er sich nicht mit seinem Mitmenschen versöhnt hat,

- die Versöhnung gegenüber dem (Opfer)Kult den Vorrang einnimmt und
- kultische Frömmigkeit die Verpflichtung zur Versöhnung nicht zu ersetzen vermag.

Jesus warnt, Versöhnung durch Rechtsprechung zu ersetzen:

"*Schließ ohne Zögern Frieden mit deinem Gegner, solang du mit ihm noch auf dem Weg zum Gericht bist. Sonst wird dich dein Gegner vor den Richter bringen, und der Richter wird dich dem Gerichtsdiener übergeben, und du wirst ins Gefängnis geworfen*" (Mt 5,25).

Die Hauptgedanken dieser Schriftstelle können wie folgt dargestellt werden:

- Eine Versöhnung soll so schnell wie möglich, auf jeden Fall vor der Beschreitung des Rechtswegs, erfolgen, weil sonst die Chancen für die Wiederherstellung des Friedens immer geringer werden.
- Ein Richterspruch vermag nicht Frieden zu schaffen, weil es immer einen Schuldigen gibt, wodurch der Unfriede bestätigt und fortgesetzt wird.

Vergebung kann nicht mit der Begründung abgelehnt werden, daß schon mehrmals vergeben wurde und damit die Chance zur Vergebung verspielt wäre. Petrus fragte Jesus, wie oft er vergeben soll, bis siebenmal? Jesus antwortete:

"*Nicht siebenmal, sondern siebenundsiebzigmal*" (oft übersetzt: "siebzigmal siebenmal") (Mt 18,22).

"Sieben" ist eine symbolische Zahl, die "Vollendung, Fülle und Vollständigkeit" (32) bedeutet. Siebenundsiebzig kann daher als Überfülle im Sinn von immer und unbegrenzt verstanden werden.

Die Weisungen, die Jesus zur Vergebung gegeben hat, betreffen alle Situationen und lassen nicht die geringste Möglichkeit offen, sich der Verpflichtung zur Versöhnung zu entziehen ohne schuldig zu werden oder die Schuld zu vergrößern. Was Jesus zur Vergebung gesagt hat, verdient wegen der Grundsätzlichkeit eine zusammenfassende Wiederholung:

- Gott vergibt nur, wenn die Menschen einander vergeben.
- Kultische Frömmigkeit kann Versöhnung nicht ersetzen.
- Versöhnung soll vorgenommen werden ohne zu fragen, wer im Recht ist.
- Versöhnung soll ohne Richterspruch erfolgen, weil er nur Recht, nicht aber Frieden schafft.
- Für die Vergebung darf es nach Anzahl und Inhalt keine Begrenzung geben.

2.7.4 Vermittlung von Frieden

Nachdem die Gegner oft große Probleme haben, ihren Streit beizulegen, sind auch Unbeteiligte aufgerufen, als Friedensvermittler zu wirken. Ein(e) Vermittler(in) hat meistens bessere Chancen einen Ausgleich zu erreichen, weil es bei dieser Konstellation nicht um Recht oder Unrecht, sondern um eine Normalisierung der Verhältnisse geht. Das Ergebnis hat daher eine andere Qualität als ein Urteil und erscheint weder als Sieg für die eine, noch als Niederlage für die andere Partei.

Die Menschen befinden sich in mehrseitigen sozialen Zusammenhängen, sodass sich Konflikte nicht verheimlichen lassen. Die Kenntnis ist daher vorhanden, sodass es nur darum geht, sie nicht zu ignorieren oder zu verdrängen. Wenn jemand beide Parteien kennt, gibt es in der Regel keinen vernünftigen Grund, Vermittlungsversuche nicht zu unternehmen. Je enger die persönlichen Beziehungen sind, um so größer wird die Schuld bei unterlassener Hilfeleistung.

Für Christen ist es ein Gebot, nicht nur friedfertig zu sein, sondern sich auch für die Schaffung von Frieden einzusetzen.

Diese Verpflichtung ergibt sich aus der Seligpreisung der Friedenstifter, aus dem Hauptgebot der (Nächsten)Liebe und aus der sog. *"Goldenen Regel"* (***"Alles, was ihr also von anderen erwartet, das tut auch ihnen! Darin besteht das Gesetz und die Propheten",*** Mt 7,12). Gleichgültigkeit gegenüber Unfrieden, Konflikten und Streit ist nicht nur eine Unterlassung, sondern auch ein Versagen, ja sogar eine Sünde. Der Glaube darf sich nicht in der Frömmigkeit erschöpfen, sondern muß dort als gestaltende Kraft erfahrbar sein, wo menschliche Werte von Mißverständnissen und Egoismus bedroht werden.

2.7.5 Bewahrung des Friedens

Die Bewahrung des Friedens ist noch wichtiger als seine Schaffung und Vermittlung, weil sie die schmerzliche Erfahrung von Unfrieden mit allen negativen Begleiterscheinungen verhindert.

Dem Frieden kann am besten mit Entwicklung von Vertrauen, ständiger Aufmerksamkeit und Kompromißbereitschaft gedient werden. Hier handelt es sich aber nicht um Alternativen, sondern um Ergänzungen, die erst in ihrem Zusammenwirken ihre bewahrende Kraft entfalten können. Die skizzierten Verhaltensweisen bieten natürlich keine Garantie für die Bewahrung des Friedens, wohl aber praktikable Möglichkeiten zur Stärkung seiner Substanz und damit Widerstandsfähigkeit gegen schädliche Einflüsse.

2.7.5.1 Vertrauen

Die Grundlage aller zwischenmenschlichen Beziehungen ist das Vertrauen, das entweder geschaffen oder bestätigt, immer aber aufrechterhalten werden muß. Alle diese Situationen können nur mit der gleichen Verhaltensweise sichergestellt werden. Vertrauen ist das Ergebnis von erfahrener Anständigkeit, Ehrlichkeit, Fairneß, Zuverlässigkeit und Treue.

Wo diese Eigenschaften die Verhaltensweise bestimmen, können sich Zweifel, Verdächtigungen, sowie Mißverständnisse und falsche Eindrücke als Folge von Mißtrauen nicht einstellen. Der stets positiv interpretierte (An) Schein ist Ausdruck des Vertrauens und läßt keine negativen Folgerungen aufkommen. Vertrauen stärkt die Gemeinschaft und macht sie widerstandsfähig gegen zersetzende Tendenzen.

2.7.5.2 Aufmerksamkeit

Vertrauen darf nicht sich selbst überlassen werden, sondern bedarf der Pflege. Damit sie ihren Zweck erfüllen kann, muß sie an den "pflegebedürftigen" Stellen, die nur durch aufmerksame Beobachtung der zwischenmenschlichen Beziehungen zu ermitteln sind, vorgenommen werden.

Die Aufmerksamkeit für die Vertrauenspflege sollte zunächst auf das eigene Verhalten gerichtet werden. Ausgangspunkt sind die Antworten auf folgende Fragen: Versetze ich mich bei wichtigen Dingen einfühlsam in die Lage meines Partners und verhalte ich mich entsprechend den gewonnenen Eindrücken? Wie sieht und beurteilt mich mein Partner aufgrund meines Verhaltens im allgemeinen und in besonderen Fällen? Es geht hier um die Selbsterkenntnis, auf die auch der Fragenkatalog in 2.7.3.1 ausgerichtet ist und um Anhaltspunkte für angebrachte oder notwendige Verhaltensänderungen.

Trotz des Vertrauens, das dem Partner entgegengebracht wird, sollten Aussagen und Verhaltensweisen, die nicht erwartet wurden oder verschiedene Deutungen zulassen, geklärt werden. Der Sinn ist nicht die Zerstreuung von Mißtrauen, sondern ein Vergleich mit eigenen Vorstellungen. Dieser vom Motiv geprägte Unterschied ist wichtig, weil davon die eigene Reaktion und die Art der Klärung bestimmt wird. Die gewonnenen Erkenntnisse tragen dazu bei, den Partner noch besser zu verstehen und die Gemeinschaft weiter zu stärken.

2.7.5.3 Kompromisse

Die menschliche Unvollkommenheit ist so groß, daß trotz Vertrauen und Aufmerksamkeit konfliktträchtige Situationen entstehen. Die möglichen Reaktionen beinhalten, ignorieren, verdrängen oder bereinigen. "Bereinigen" schließt schon nach dem Wortsinn eine Entweder-oder-Alternative aus, sodass nur ein Kompromiß in Frage kommt, der als Lösung bewertet werden kann.

Der Kompromiß als Ausgleich und Wahrung von berechtigten Interessen setzt eine gewisse Geisteshaltung voraus, ohne die keine Gemeinschaft von Bestand sein kann.

Jeder Kompromiß soll Partnerschaft widerspiegeln, was jeden Druck, auch indirekten, ausschließt. Zudem soll das Ergebnis nach Inhalt und Form angemessen sein. Bei Bemühungen um einen Kompromiß wirkt sich eine rein rechtliche Betrachtung und Beurteilung kontraproduktiv aus, weil sich jede Seite im Recht wähnt.

Der Sinn des Kompromisses wird erst richtig erkannt, wenn er nicht als ein Mittel der Konfliktbewältigung, sondern als die beste Möglichkeit der Konfliktvermeidung eingesetzt wird.

Ein Kompromiß ist nicht nur die (Auf)Teilung einer sachlichen Gesamtheit sondern bezieht sich auch auf geistige Fakten. Damit meine ich das Eingeständnis und die Übernahme von Mitverantwortung für entstandene Schwierigkeiten oder Probleme. Eine Ermittlung des Anteils der Verantwortung zum Zwecke der Schuldzuweisung würde sich aber kontraproduktiv auswirken. Entscheidend ist, den guten Willen für die Gemeinschaft zu zeigen, indem ein Beitrag zur Wahrung der Gemeinsamkeiten geleistet wird.

Auf dem Weg zu Kompromissen müssen im Prinzip die gleichen Hindernisse überwunden werden wie bei der Schaffung von Frieden (S. 2.7.2). Die Problematik liegt ausschließlich in der geistigen Einstellung. Christ sein beginnt nicht erst beim Tun und Lassen sondern bereits bei der gedanklichen Vorbereitung und geistigen Entscheidung.

Ein moralischer und sachlicher Ausgleich wird durch Rechtsdenken und Furcht vor Prestige-Einbuße immer erschwert oder verhindert. Ein wahrer Kompromiß ist keine Rechenaufgabe, sondern Ausdruck der Wertschätzung des Beteiligten und der Sache, die seinen Verlauf und seine Ausgestaltung bestimmt.

2.7.6 "Denn sie werden Söhne Gottes genannt werden" (Mt 5,9)

Ein Vergleich von fünf Ausgaben des Neuen Testamentes, denen verschiedene Übersetzungen zugrundeliegen, hat ergeben, daß dreimal "Söhne Gottes" und zweimal "Kinder Gottes" aufgeführt sind. Auch Lapide hat sich für "Söhne" entschieden. Es fällt auf, daß alle Übersetzungen, die neueren Datums sind, die Bezeichnung "Söhne Gottes" bevorzugen.

Nachdem Jesus der eingeborene Sohn Gottes ist, dürften manche Christen Schwierigkeiten haben, diese Schriftstelle zu verstehen. Lapide erklärt das jüdische Verständnis fogendermaßen: "Denn ungleich der griechisch-heidnischen Gottessohnschaft, die biologisch mit der Geburt (angeblich) beginnt, kann man im Judentum ein Sohn Gottes *werden*, indem man dem Vater im Himmel Nachfolge leistet, alle Schranken der Liebe aufhebt, nicht Gleiches mit Gleichem vergilt, sondern sogar den Feind durch Liebe entwaffnet, um ihn zum Freund zu machen. Wer so den *schalom* zu fördern vermag, zählt auf hebräisch zu den Söhnen Gottes, ein Gedanke, den schon Paulus in zwei jüdischen Redewendungen verdeutlicht: 'Seid nun Nachahmer, *mimetai* Gottes als geliebte Kinder (Gottes), indem ihr in der Liebe wandelt', so schärft er den Ephesern (Eph 5,11) ein, und 'alle, die sich vom Geiste Gottes leiten lassen, die sind Söhne Gottes', so heißt es im Römerbrief (8,14) - ganz im Sinne der siebenten Seligpreisung, die das selbstlose Friedenschaffen der jüdischen Gottessohnschaft gleichsetzt" (33).

Auch Carl Friedrich von Weizäcker gibt "Söhne Gottes" den Vorzug. Er begründet diese Auffassung in einem Gespräch mit Pinchas Lapide, der ihm mit "ausgezeichnet" zustimmt, wie folgt: "*Und sie sind auch nicht die Kinder Gottes, sie sind die Söhne Gottes, das soll hier nicht heißen Söhne im Gegensatz zu Töchtern, sondern das soll heißen die Erwachsenen. Nicht etwa die Abhängigen, was wir gewiß alle gegen Gott sind, aber die selber etwas tun*" (34).

"Söhne Gottes" kann im Zusammenhang mit dieser Seligpreisung als Ehrentitel verstanden werden, der -wie bei Söhnen üblich ist- eine besondere Ähnlichkeit mit Gott zum Ausdruck bringt. Diese Ähnlichkeit liegt in der Verhaltensweise, wenn auch nur in aller menschlicher Bescheidenheit, die im Sinne Gottes erfolgt und seinen Willen auf Erden verwirklicht. Der Vergleich ist nicht abwegig, daß Söhne die Tradition des Vaters fortsetzen. In diesem Sinne kann von Nachahmung gesprochen werden.

In der Synagogenliturgie ist "Friedensstifter" bzw. "Friedensschaffer" eines der häufigsten Synonyme für Gott (45). Die Menschen, die Frieden stiften bzw. schaffen und damit im Sinne Gottes -wie Söhne in der Nachahmung des Vaterswirken, sind in den Augen Jesu "Söhne Gottes".

Nach irdischer Üblichkeit sind mit einem Ehrentitel eine besondere Behandlung und evtl. Privilegien verbunden. So nehmen z.B. Ehrengäste bei Veranstaltungen Ehrenplätze ein und werden bevorzugt bedient. Die Versuchung ist unwiderstehlich, dieses Verständnis von Ehrentitel auf "Söhne Gottes" zu übertragen und auf die Verhältnisse im Himmel auszudehnen. In "Söhne Gottes" kommt ein Verhältnis zu Gott zum Ausdruck, das wohl den höchsten Grad der Seligkeit darstellt. Die übrigen Seligpreisungen lassen eine derartige inhaltlich unüberbietbare Folgerung nicht zu. An dem Ehrentitel "Söhne Gottes" kann auch erkannt werden, wie hoch Jesus die Schaffung von Frieden bewertet.

2.8 Die um der Gerechtigkeit willen Verfolgten: "Selig, die um der Gerechtigkeit willen verfolgt werden; denn ihnen gehört das Himmelreich" (Mt 5,10).

Diese Seligpreisung ist sicher als Trost für die Menschen gedacht, die sich für die Gerechtigkeit im Sinne Jesu (S. 1.2.4) engagieren und dafür auf verschiedene Weise leiden müssen. Gerechtigkeit im Sinne Jesu ist das Gegenteil von Materialismus und Egoismus in allen Erscheinungsformen. Wer sich dafür einsetzt, stört das herrschende System und wird dafür verfolgt, was heute mit "diskriminieren" bezeichnet wird.

2.8.1 Um der Gerechtigkeit willen

Die Menschen, denen die Seligpreisungen gelten, setzen sich auf verschiedene Weise für die Gerechtigkeit ein. Ihr Verhalten ist gegen die materialistischen und egoistischen Interessen der Machthaber* gerichtet. Die in ihren Bemühungen Gerechten stellen die ungerechten Praktiken der Tonangebenden in Frage, behindern ihre Verwirklichung und zeigen, daß es auch anders gehen könnte und sollte. Damit werden sie zu Vertretern von Alternativen, was sich auf die ungerechten Verhältnisse destabilisierend auswirkt und als bedrohlich empfunden wird.

Die "Armen im Geiste" sind z.B. dagegen, daß der Mensch das Maß aller Dinge ist, daß alles was gemacht werden kann, auch gemacht wird und daß die Natur einem hemmungslosen Gewinnstreben geopfert wird.

Die "Sanftmütigen" sind für die Ausführung von menschenverachtenden Anordnungen nicht geeignet. Sie sind gegen eine Gesellschaft, die sich mit der Diktatur identifiziert und erstreben in allen Lebensbereichen ein partnerschaftliches Verhältnis.

---

*) auf allen gesellschaftlichen Ebenen

Die "hungern und dürsten nach der Gerechtigkeit" lehnen die verbreitete Handlungsmaxime ab, daß der Zweck die Mittel heiligt. Sie sind u.a. überzeugt, daß Solidarität und Gerechtigkeit zum Wohle der Menschen ständig überprüft und weiterentwickelt werden müssen.

Die "Barmherzigen" sehen im Reichtum kein Mittel der Macht, sondern eine Verpflichtung zum Helfen und setzen sich dafür ein, daß Gnade vor Recht ergeht.

Die ein "reines Herz haben" legen Verträge und Gesetze nicht nach vermeintlichen oder "konstruierten" Lücken aus, sondern erfüllen ihren Sinn. Sie vertreten nur berechtigte Interessen, wenden faire Mittel an und bekämpfen unlautere Verhaltensweisen.

Die "Frieden Schaffenden" lehnen Gewalt in jeder Form ab, suchen bei gegensätzlicher Interessenlage auszugleichen und setzen alles daran, Unfrieden zwischen Menschen, Gruppen und Völkern zu überwinden.

2.8.2 Die Verfolgten

Die skizzierten Verhaltensweisen passen nicht in eine Welt, in der Erfolge und nicht die Mittel zählen, in der Menschen nur als Produktionsfaktoren bewertet und als Konsumenten eingeschätzt werden. Die Seligpreisungen erscheinen den gesellschaftlichen Gestaltungskräften wie eine Botschaft aus einer anderen Welt, die irrtümlich auf die Erde gelangt ist.

Wer nicht mit dem Strom der allgemeinen Verhaltensweise schwimmt, stört den Ablauf der gesellschaftlichen Entwicklung, wird als unangepaßt, unflexibel sowie unzeitgemäß empfunden und als unproduktiv eingestuft. Zeitgenossen, die Fortschritt mit Verbesserung der zwischenmenschlichen Beziehungen und nicht mit Gewinnsteigerung und Machtvergrößerung gleichsetzen, gelten für halbwegs anspruchsvolle Aufgaben für ungeeignet. Wenn ihre antiquierte Einstellung offenkundig wird, werden sie diskriminiert, was nach Absicht und Wirkung "verfolgt" bedeutet.

Die Diskriminierung –als unterschiedliche im Sinne von nachteiliger Behandlung– ist eine wirksame Methode, um Menschen in allen Positionen abzuschrecken, zu entmutigen und zu strafen. Eine Diskriminierung hat wirtschaftliche und gesellschaftliche Nachteile zur Folge.

Die Möglichkeiten zur Diskriminierung sind zahlreich. Folgende Beispiele vermitteln einen Eindruck: Nichtberücksichtigung bei Bewerbungen, Schikanierung bei der Arbeit, Ausschluß von Beförderung, Zurücksetzung bei Gehaltserhöhung, Isolierung oder Opposition in Gremien, sowie Entlassung bei geringsten Anlässen. Bei Geschäftsleuten können Schwierigkeiten in Wirtschaftsbeziehungen entstehen, deren wahre Ursachen unbekannt bleiben. Zeitgenossen, die im Rampenlicht der Öffentlichkeit stehen, müssen mit tendenziösen und unsachlichen Reaktionen rechnen.

2.8.3 "Denn ihnen gehört das Himmelreich" (Mt 5,10).

"Die um der Gerechtigkeit willen verfolgt werden" befinden sich offensichtlich im gleichen Seligkeitsgrad wie die "Armen im Geiste": "Denn ihnen gehört das Himmelreich". Diese Parallele könnte zu Spekulationen verleiten, die aber mangels Ansatzpunkten unergiebig ausfallen müßten. Anstelle von gesonderten oder zusätzlichen Ausführungen dürfte daher ein Hinweis auf 2.1.2 genügen.

2.9 Die um meinetwillen verfolgt werden:

"Selig seid ihr, wenn ihr um meinetwillen beschimpft und verfolgt und auf alle mögliche Weise verleumdet werdet. Freut euch und jubelt: Euer Lohn im Himmel wird groß sein. Denn so wurden schon vor euch die Propheten verfolgt." (Mt 5,11-12).

Diese und die vorausgehende Seligpreisung beziehen sich auf "Verfolgte". Die Gründe für die Verfolgung sind aber verschieden. Bei Vers 10 geht es um die Gerechtigkeit, während der Grund für diese Seligpreisung "meinetwillen", also Jesus bildet.

2.9.1 "Um meinetwillen"

"Um meinetwillen" kann auch mit "mir zuliebe" und "für mich" (35) ausgedrückt werden.

Diese Worte weisen über die "Gerechtigkeit" hinaus. Dementsprechend geht es um ein Verhalten, das mehr ist als sich um Gerechtigkeit zu bemühen. "Mir zuliebe" und "für mich" kann als Weiterführung der "Sache Jesu" verstanden werden. Die "Sache Jesu" ist auch mehr als die Verkündigung des Himmelreichs, das zum Wohl der Menschen schon anfanghaft auf Erden geschaffen werden soll.

Die Weiterführung der "Sache Jesu" ist die Gewinnung von Menschen für ein Leben aus der Gerechtigkeit.

Dazu ist Überzeugungsarbeit zu leisten, bei der die Worte glaubhaft vorgebracht und vom persönlichen Vorbild bestätigt werden müssen. Für die Entwicklung und Verwirklichung des Glaubens bedarf der Mensch der Gemeinschaft, die Jesus vorgelebt hat. In der Gemeinschaft kann der Glaube in Breite und Tiefe wachsen und der Ermutigung teilhaftig werden, die für seine Bewährung im Alltag notwendig ist. Die Gemeinden im allgemeinen und ihre Mitarbeiter im besonderen sind gefordert, die skizzierten Voraussetzungen zu schaffen und mit Leben zu erfüllen. Je weniger diese Aufgabe erkannt und erfüllt wird, um so seltener kann die Kirche erlebt werden. Wo die Kirche nicht (durch ihre Glieder) wirkt, kann der Glaube nicht geweckt und gefördert werden. Wo kein Glaube ist, fehlt die Basis, aus der sich Gründe für Seligpreisungen entwickeln könnten.

2.9.2 Verfolgung

Die Verfolgung "um meinetwillen" besitzt eine ganz andere Dimension als die Verfolgung "um der Gerechtigkeit willen". Das Himmelreich mit seiner Gerechtigkeit ist das Gegenteil aller Regierungsformen auf Erden, wobei die ihr zugrundeliegende Gesellschaftsordnung und Weltanschauung keine Rolle spielen.

Es ist die Logik der Macht und ihrer Erhaltung, daß Jesus gewaltsam ums Leben kam und seine Anhänger zu allen Zeiten von totalitären Systemen aller Richtungen verfolgt werden.

Schon die Apostelgeschichte berichtet von Christenverfolgungen durch Juden. Unter den Römern litten und starben Christen bis zum Toleranzedikt von Konstantin im Jahre 313.

Von Nero* und Diokletian** begangene Grausamkeiten sind bis heute noch in Erinnerung. In der Neuzeit wurden Christen von Kommunisten, Bolschewisten, Nationalsozialisten und atheistischen Republikanern verfolgt. In manchen Ländern sind auch heute noch Christen der offenkundigen Diskriminierung, wenn nicht Verfolgung ausgesetzt.

2.9.3 Großer Lohn im Himmel

Mit den Worten "um meinetwillen" und "so wurden schon vor euch die Propheten verfolgt" stellt Jesus eine Verbindung zu sich und den Propheten her. Damit nimmt er eine Aufwertung der Verfolgten vor, für die es in den Seligpreisungen keine Parallele gibt. Der Grund liegt wohl darin, daß das Engagement um Jesu willen erfolgt, es damit eine höhere Qualität besitzt und das Risiko größer ist.

Dem entspricht auch die erweiterte Seligpreisung, die "großen Lohn" im Himmel verheißt, der Freude und Jubel

*) (54-68)
**) (284-305)

auslösen wird und mit Ausnahme der "Söhne Gottes" (2.7.6) alle übrigen Seligpreisungen übersteigt. Solche Perspektiven, die Trost und Motivation vermitteln und kaum vergrößert werden können, bedürfen keiner Deutung.

3 Bedeutung

Die Bedeutung der Seligpreisungen liegt nicht nur in ihrem Inhalt, sondern auch in der Art ihrer Darstellung. Die Seligpreisungen bilden das wirksamste Verhaltensprinzip, weil es nicht von äußeren Impulsen, sondern von einer inneren Einstellung gesteuert wird. Dadurch entsteht ein neues Bewußtsein, das weder der Gebote noch des Gehorsams bedarf, weil es sich an Verpflichtungen orientiert und Verantwortung als Maßstab nimmt. Die Seligpreisungen können als Angebot zur Mitwirkung an der Schaffung des anfanghaften Himmelreichs auf Erden verstanden werden, was nichts anderes ist, als die Verwirklichung des Hauptgebots der (Nächsten)Liebe zur Verbesserung der zwischenmenschlichen Beziehungen. Wie die Erfahrung zeigt, scheitert die Verwirklichung der Seligpreisungen nicht nur an weltlichen Vedrängungs-Prioritäten, sondern auch an religiösen Schein-Prioritäten.

3.1 Seligpreisungen: Wirksamstes Prinzip der Lebensgestaltung

Die Seligpreisungen weisen auf das für Christen maßgebende Prinzip der Lebensgestaltung. Vereinfacht ausgedrückt, die menschliche Existenz kann nach dem Prinzip "Sein" oder "Haben" gestaltet werden. Die Seligpreisungen haben das Prinzip "Sein" zum Inhalt, das auf die zwischenmenschlichen Beziehungen ausgerichtet ist. Das Ziel sind menschenfreundliche Verhältnisse in allen Lebensbereichen und das Wohl der Menschen, das durch teilweisen Ausgleich der menschlichen Unvollkommenheit erreicht werden soll.

Formelhaft zusammengefaßt bedeutet das Gestaltungsprinzip "Sein" die Bildung, Förderung und Erhaltung der Gemeinschaft anstelle der Entwicklung von Egoismus.

Das Gestaltungsprinzip "Sein" hat die anfanghafte Entstehung des Himmelreichs auf Erden zum Ziel. Diese Aufgabe wird als Priorität von Jesus vorgegeben: "*Euch aber muß es zuerst um sein Reich und um seine Gerechtigkeit gehen; dann wird euch alles andere dazugegeben*" (Mt 6,33).

"Alles andere", das dazugegeben wird, ist zweitrangig und die Frucht des eigenen Verhaltens. Das Wichtigste ist ein Wert an sich, der nicht auch durch die Addition von selbstgewählten Nebensächlichkeiten erreicht oder ausgeglichen werden kann. Von diesen Nebensächlichkeiten, die die Menschen zu Werten erheben und die nur Schein-Prioritäten sind, sagt Jesus: "*Denn was die Menschen für großartig halten, das ist in den Augen Gottes ein Greuel*" (Lk 16,15). Von Irrtümern, denen diese Bewertungskorrektur gilt, sind auch Fromme, kirchliche Mitarbeiter und Amtsträger nicht ausgeschlossen.

Gebote und Verbote sind dürftige Mittel zur Steuerung der menschlichen Verhaltensweise. Sie üben zwar eine gewisse Ordnungsfunktion aus, vermögen aber die zwischenmenschlichen Beziehungen nicht zu verbessern. Für die Abschwächung, Vermeidung oder Überwindung von Beziehungskonflikten sind sie nicht geeignet.

Daraus ergibt sich, daß Gebote und Verbote allenfalls einem "ethischen Minimum" zu genügen vermögen, das für zwischenmenschliche Beziehungen aber unzureichend und unbefriedigend ist.

Das Gestaltungsprinzip "Sein", das in den Seligpreisungen zum Ausdruck kommt, zielt auf eine Änderung der geistigen (Grund)-Einstellung, die neue Wertvorstellungen nach sich zieht. In dem Umfang, in dem dies gelingt, ändert sich auch die menschliche Verhaltensweise, ohne daß eine Außensteuerung notwendig ist. Tun und Lassen, das aus einer Grundeinstellung und nicht aus Gehorsam erfolgt, besitzt eine Gestaltungskraft, die problematische Situationen durch sachliche Überzeugung und persönliches Vorbild zu wandeln vermag.

Aus den angedeuteten Gründen sind die Seligpreisungen das wirksamste und zugleich menschenwürdigste Gestaltungsprinzip für zwischenmenschliche Beziehungen.

Die Seligpreisungen lassen eine Seite des Glaubens erkennen, die pragmatisch ausgerichtet ist und durchaus unter dem Gesichtspunkt des erfahrbaren Nutzens beurteilt werden kann. Wer versucht, die Seligpreisungen ernstzunehmen, bietet anderen praktische Lebenshilfe und erfährt selbst moralische Befriedigung. Es ist die Gemeinschaft, die von einem Verhalten nach den Seligpreisungen gefördert, erhalten und wiederhergestellt wird. Wie arm sind die Menschen erst, wenn sie keine Mitmenschlichkeit erfahren können? Für menschliche Werte gibt es keinen Ersatz!

Wer fragt, was nützt mir der Glaube? sollte auch die Frage beantworten, was konkret unter glauben verstanden wird. Ist es ein Glaube der Lehre oder des Lebens, der Dogmen oder der Werke? Das Eine soll das Andere nicht ausschließen, darf es aber in keiner Weise ersetzen.

Die "nützliche" Seite des Glaubens eröffnet neue Perspektiven für die Ergänzung des Gottes-, und Kirchenverständnisses. Die davon geschaffenen Ansatzpunkte sollten zu Diskussionen über den Glauben und christliche Werte für die Gestaltung der Gesellschaft führen. Das Christentum verpflichtet seine (Mit)Glieder -wie keine andere Religion- zu einem sozialen Engagement, das selbst Feinde nicht ausschließt. Diese Tatsache sollte bei jeder Gelegenheit bewußt gemacht werden u.z. durch eine überzeugende Verhaltensweise.

3.2 Neues Bewußtsein

Der Sinn der Seligpreisungen liegt in der Wirkung einer Verhaltensänderung der Menschen, durch die das Himmelreich schon anfanghaft auf Erden erfahrbar gemacht werden soll.

Die Seligpreisungen beziehen sich nicht auf bestimmte Taten und sind nicht in Befehlsform gehalten. Sie bilden daher keine Gebote im eigentlichen Sinn, wie sie für eine Mentalität der Unselbständigkeit üblich sind. Diese Feststellung ist von großer Bedeutung, weil sie die Wertschätzung der Menschen durch Jesus widerspiegelt. Je mehr befürchtet wird, daß der Sinn von Geboten und Verboten nicht verstanden wird, –was eine Infragestellung der Mündigkeit bedeutet– um so zahlreicher und ausführlicher werden sie üblicherweise erlassen.

Die Seligpreisungen sind nach Inhalt und Form ein Verhaltensangebot an die Menschen, in dem ihre Wertschätzung als Söhne –nicht nur Kinder– Gottes zum Ausdruck kommt.

Die Menschen sind Abbild Gottes, ihm ähnlich, (Gen. 1,26-27), was sich nicht auf ihr Äußeres, sondern auf ihre Verhaltens- und Gestaltungsmöglichkeiten bezieht, die sie auch verwirklichen sollen. Darauf weist die Aufforderung Jesu hin: "*Ihr sollt also vollkommen sein, wie es auch euer himmlischer Vater ist*" (Mt 5,48). Dementsprechend sollen sie durch ihre Verhaltensweise die Liebe Gottes erfahrbar machen.

Die Seligpreisungen sind nicht an den Gehorsam der Menschen gerichtet, sondern appellieren an ihre Verantwortung. Gehorsam beschränkt sich auf den Wortlaut, Verantwortung ist auf den Wortsinn ausgerichtet. Gehorsam steht wesensbedingt unter dem Druck der Strafe, Verantwortung ist eine Folge der Freiheit.

Die Seligpreisungen schaffen oder bestätigen ein Glaubensbewußtsein, das auf Freiheit beruht, sich der Verantwortung verpflichtet weiß und das Gewissen als Steuerungsinstanz in Anspruch nimmt. Diese Zusammenhänge können mit den Worten von Paulus zusammengefaßt werden: "*Zur Freiheit hat uns Christus befreit*" (Gal. 5,1).

3.3 Angebot zur Mitwirkung am Himmelreich

Die Seligpreisungen sind ein Angebot, sich für die anfanghafte Erfahrbarkeit des Himmelreichs auf Erden zu entscheiden und einzusetzen. Dazu sind die in den Seligpreisungen aufgeführten Verhaltensweisen zu verwirklichen. Eine Ablehnung dieses Angebots hat den Verlust der Seligkeit zur Folge.

3.3.1 Angebot an alle

Am Schluß dieser Betrachtungen drängt sich die Frage auf, für wen die Seligpreisungen eigentlich bestimmt sind. Gelten sie vielleicht nur den Menschen, deren Veranlagung sie zu einer Verhaltensweise führt, die sie zu Auserwählten macht? Dieser Personenkreis wäre sehr klein und könnte die Gesellschaft nicht wahrnehmbar beeinflussen.

Die Seligpreisungen gelten allen Menschen ohne Rücksicht auf ihre Lebensumstände. Sie sind in ihrem Wesen und in ihrer Zielsetzung Trost, Ermutigung und Einladung.

Der Trost der Seligpreisungen gilt, -wenn er auch ausdrücklich an die Trauernden gerichtet ist- nicht nur diesen Menschen. Als Ermutigung soll er alle stärken, die unter Bedürfnissen und Bedrückung leiden. Diese Ermutigung kann die Zuversicht wecken, daß die menschenfeindlichen Zustände nur vorübergehend im Diesseits herrschen und im Jenseits ein Ausgleich erfolgt. Mit diesem Ausgleich, wie immer er auch beschaffen sein mag, können aber nur diejenigen rechnen, die sich auf Erden für eine Änderung der ungerechten Verhältnisse einsetzen.

Die Seligpreisungen sind daher auch als Angebot oder Aufforderung zu verstehen, sich nicht an der weltlichen Ungerechtigkeit zu beteiligen und nicht der Gleichgültigkeit zu verfallen sondern an der Erfahrbarkeit der Botschaft Jesu mitzuwirken. Zu diesem Engagement sind alle Menschen, an erster Stelle die Christen, aufgerufen. Sie sollen sich nach ihren Fähigkeiten und Möglichkeiten dafür einsetzen, daß sich die Gesellschaft nicht nach eigenen Gesetzen entwickelt, sondern die Weisungen Jesu als Orientierung und Maßstab übernimmt. Weil die Gesellschaft ein vielschichtiges und anonymes Gebilde ist, kann nur ein begrenzter Einfluß ausgeübt werden, der von engagierten Gruppen ausgehen muß. Die vielen Erscheinungsformen der Gesellschaft bilden Ansatzpunkte für eine teilweise Gestaltung, die sich im Laufe der Zeit weiter ausbreiten und zu einer Vernetzung führen kann.

Wenn sich die Seligpreisungen auch als Angebot deuten lassen, kann ihre Annahme trotzdem nicht als selbstverständliche Reaktion erwartet werden. Bei oberflächlicher Betrachtung, die üblich ist, werden sie unterbewertet und bedürfen daher der Vermittlung. Die Vermittlung ist ein mehrstufiger Vorgang, der bei der Sensibilisierung, Verständlichmachung und Motivierung beginnt und auf die Verwirklichung ausgedehnt werden muß. Die Verwirklichung als individuelle Verhaltensweise ist aber auf Befähigung, Ermutigung und Führung angewiesen, die nur eine Gemeinschaft bieten kann.

Diese Gemeinschaft ist die Kirche, die sich ständig fragen sollte, wie sie dieser Verpflichtung gerecht wird.

3.3.2 Verlust der Seligkeit bei Ablehnung

Die Seligpreisungen hören sich so harmlos an, weil sie nicht den Eindruck von Geboten erwecken, deren Nichtbefolgung geahndet wird. In Wirklichkeit sind sie ein Angebot, sich für das Himmelreich zu entscheiden, dessen Ablehnung nicht ohne schwerwiegende Konsequenzen bleibt.

Zu bedenken ist, daß die Verhaltensweisen, die den Inhalt der Seligpreisungen bilden, Ausdrucksformen des Hauptgebotes der (Nächsten)Liebe sind. Wer sich also nicht entsprechend den Seligpreisungen verhält, verstößt gegen das Hauptgebot. Diese Perspektive läßt die Verbindlichkeit und damit Bedeutung der Seligpreisungen erkennen.

Was diejenigen erwartet, die sich für das Himmelreich entscheiden und sich dementsprechend verhalten, kommt in der Begründung der Seligpreisungen zum Ausdruck.

Es ergibt sich die Frage, welches Schicksal für die anderen bestimmt ist. Im Weltgericht* werden die Unbarmherzigen nicht nur vom Himmelreich ausgeschlossen, sondern auch dem ewigen Feuer überantwortet (S. 2.5.4). Die Folgerung liegt nahe, daß es sich hier nur um ein Beispiel handelt und auch allen anderen, die sich dem in den Seligpreisungen ergangenen Anruf Gottes verschließen, die gleiche Strafe zuteil wird.

Der allgemeine Charakter der Seligpreisungen als grundsätzliche Einstellung und Verhaltensweise darf nicht zu ihrer Verharmlosung verleiten.

Grundsätze erfüllen nur dann ihren Zweck, wenn sie als wirksame Orientierung und verbindlicher Maßstab dienen. Ob ihre Anwendung im engeren oder weiteren Sinne erfolgt, ist eine situationsbedingte Entscheidung, die vor Gott verantwortet werden muß. Dazu ist eine rationale Abwägung der Umstände und ein gepflegtes Gewissen unerläßlich. Die Seligpreisungen sind daher viel anspruchsvoller als eindeutige Gebote und Verbote.

3.4 Hindernisse für die Verwirklichung

Die Hindernisse für die Verwirklichung der Seligpreisungen sind sowohl weltlicher wie religiöser Natur. Das Zusammenwirken dieser beiden Faktoren verdrängt die Seligpreisungen aus dem Glaubensbewußtsein ohne daß ein Schuldgefühl der Unterlassung entsteht.

Die weltlichen Interessen, denen auch die Christen als "Kinder dieser Welt" (Lk 16,8) erliegen, sind den Seligpreisungen diametral entgegengesetzt. Der Glaube ist durch religiöse Schein-Prioritäten bei vielen unwirksam im Sinne Jesu, sodass die egoistische und materialistische "Haben"-Mentalität nicht überwunden werden kann. Es ist bekannt, daß die Bergpredigt

*) Siehe 4. Kapitel

und damit auch die Seligpreisungen –milde ausgedrückt– nicht zu den Schwerpunkten der Verkündigung und Katechese zählen und ihre Bedeutung bzw. Verbindlichkeit relativiert wird.

Das Problem der Seligpreisungen liegt nicht in ihrer Unrealisierbarkeit, sondern darin, daß sie zuwenig ernstgenommen werden. Daher unterbleiben nicht nur Durchführungsversuche, sondern auch alle darauf ausgerichteten Vorbereitungsaktivitäten. Die Folge ist, daß die Kirche durch ihre Glieder nicht diakonisch wirkt, zur Verbesserung der zwischenmenschlichen Beziehungen keinen nennenswerten Beitrag leistet und den Glauben nicht als wirksame Lebenshilfe erfahrbar macht.

Diese Defizite wirken sich ohne Zweifel nachteilig auf die Glaubwürdigkeit der Kirche aus und sind eine wesentliche Ursache der gegenwärtigen Kirchenkrise.

3.4.1 Weltliche Verdrängungs-Prioritäten

Die meisten Menschen gestalten ihr Leben nach dem Prinzip "Haben", das Besitz, Macht und Ansehen zum Ziel hat. Dieses Prinzip erhält seinen negativen Charakter dadurch, daß es zum Nachteil der Mitmenschen verwirklicht wird. Materielle Interessen bestimmen die Verhaltensweise und die Brüderlichkeit wird egoistischen und gesellschaftlichen Vorteilen geopfert. Beim Streben nach Wohlstand, der möglichst schnell und mit kleinstem Aufwand erreicht werden soll, wird Menschlichkeit als "systemfremd" eingestuft.

Mitgefühl bei Leid, Hilfe für die Schwachen und Versöhnung anstatt Rechtsmittel können mit den Regeln der Leistungsgesellschaft nicht in Einklang gebracht werden. Besitz wird nicht als Verpflichtung empfunden, sondern als Macht für egoistische Zwecke eingesetzt. Recht ist für die "Haben"-Mentalität weniger ein ethischer Anspruch als vielmehr eine Rechtfertigung der gesellschaftlichen Macht. Friede erscheint nur als Anliegen der Schwachen, weil für die Klasse der

"Besitzenden" allein Erfolge zählen und der Zweck die Mittel heiligt. Je mehr Menschen Macht in irgend einer Form besitzen, um so mehr strukturiert sich die Gesellschaft auf allen Ebenen in Schichten der Überordnung und Unterstellung.

Die skizzierte Verhaltensweise ist inzwischen in allen Gesellschaftsbereichen anzutreffen, weshalb Nischen der Menschlichkeit immer seltener und kleiner werden. Jesus warnt vor dem Prinzip "Haben": "*Was nützt es einem Menschen, wenn er die ganze Welt gewinnt, dabei aber sein Leben einbüßt?" (Mt* 16,26). Gemeint ist das ewige Leben im Himmel.

Dieser Verlust droht Menschen, die sich dem Prinzip "Haben" verschreiben, anstatt sich an der anfanghaften Schaffung des Himmelreichs auf Erden (nach dem Prinzip "Sein") im Sinne der Seligpreisungen zu beteiligen.

3.4.2 Religiöse Schein-Prioritäten

Im Glaubensleben gibt es Schein-Prioritäten, die eine ausgewogene und damit glaubwürdige Glaubensverwirklichung verhindern.

Eine gewisse Spezies von Frommen glaubt, sich den Himmel allein durch ein Übersoll an religiösen Übungen verdienen zu können. Dienste am Nächsten im Sinne der Seligpreisungen gehören aber nicht zu ihrer Glaubenspraxis. Menschliche Notlagen, die ein persönliches Engagement erforderlich machen, werden Gott im Gebet anvertraut. Zudem wird mit Spenden tätige Nächstenliebe abgegolten und das Gewissen beruhigt. Die Verehrung Christi macht offensichtlich die Nachfolge Jesu überflüssig. Großer Wert wird auf fromme Äußerlichkeiten, die Lehre der Kirche und Glaubensgehorsam gelegt. Für viele Fromme ist eine betont konservative Haltung das prägende Kennzeichen. Zu ihren Eigenschaften zählt nicht selten eine erschreckende Intoleranz, die als Lieblosigkeit wirkt und empfindliche Menschen an Kreuzzugsmentalität erinnert.

Der Beweggrund für die falsche Verhaltenspriorität ist ein unzutreffendes Gottesbild und ein irriger Heilsegoismus, dem das Himmelreich als Hauptanliegen Jesu fremd ist.

Die Frömmigkeit kann wegen ihres Wesens gar nicht Gegenstand der Kritik bilden. Sie ist ein Teil des Glaubensverständnisses und der Glaubensverwirklichung und hat daher Anspruch nicht nur auf Tolerierung, sondern auf Respektierung.

Es bleibt unbestreitbar, daß die Frömmigkeit Ausdruck der mystischen Seite des Glaubens ist und als Befriedigung von Glaubensbedürfnissen empfunden wird. Außerdem darf ihr gemeinschafsfördernder Charakter und ihre Wirkung als tätiges Glaubensbekenntnis nicht unterschätzt werden.

Wenn Fromme in die Kritik geraten, ist der Ansatzpunkt nicht ihr Tun, sondern ihr Lassen. Es geht dabei nicht um die Frömmigkeit, sondern um Defizite in zwischenmenschlichen Beziehungen. Die Kritik bezieht sich daher auf fehlende oder ungenügende Erfüllung des Hauptgebots der Nächstenliebe. Weil Fromme als Vorbilder des Glaubens und Stützen der Gemeinde erscheinen, wird erwartet, daß sie dieser Rolle auch in der Gestaltung der zwischenmenschlichen Beziehungen gerecht werden.

Im Falle der Kritik wirkt die Frömmigkeit als Ersatz und Anstatt-Funktion für Dienste am Nächsten. Es entsteht der Eindruck, daß die Frömmigkeit zu Lasten der übrigen Glaubensäußerungen verabsolutiert wird. Die von kritischen Menschen empfundene Einseitigkeit des Glaubens wird als Unglaubwürdigkeit bewertet.

Es muß doch nachdenklich stimmen, daß sich keine Seligpreisung auf glauben im Sinne von Fürwahrhalten und Frömmigkeit bezieht. Die Folgerung ist daher nicht unlogisch, daß Frömmigkeit allein kein Weg zur Seligkeit sein kann.

Im Brief des Jakobus, der "Bruder des Herrn" genannt wird, steht mit Begründung, daß der Glaube ohne Werke (der Barmherzigkeit) tot ist (Jak 2,14-26). Martin Luther hat diesen Brief als "stroherne Epistel" (36) abgetan, wobei der Verdacht aufkommt, daß die Bewertung der "Werke" nicht mit seiner Auffassung von der "Rechtfertigung" (Röm 3,28) harmoniert.

Wichtig ist, was Jesus gesagt hat. Von Bedeutung ist aber auch, was Jesus nicht gesagt hat, weil er es nicht für wichtig hielt. Eine andere Deutung der Unterlassung ist nicht vorstellbar.

Bekannt, d.h. schriftlich überliefert ist seine distanzierte Haltung zum (Opfer)Kult und seine Kritik an demonstrierter Frömmigkeit. Zudem hat Jesus Ehre von Menschen abgelehnt (Mk 10,18; Mt 7,21; Lk 18,19; Joh 5,41). Tatsachen sind ferner, daß Führwahrhalten und Kult weder Bestandteile des Hauptgebots (Mt 22,37-39), noch Themen des Weltgerichts (Mt 25,31-46)* bilden. Dies sind schwerwiegende Fakten, die auch durch eine andere, entgegengesetzte Üblichkeit, die zur Tradition geworden ist, ihr Gewicht nicht verlieren.

Die wichtigste Glaubensverwirklichung für Katholiken ist die Teilnahme an der sonntäglichen Eucharistiefeier. Ein schuldhaftes Versäumnis ist eine "schwere" Sünde, die nur durch das Bußsakrament, also die (Ohren)Beichte nachgelassen werden kann. Trotzdem nehmen nur noch ca. 18% der Katholiken in Deutschland regelmäßig am sonntäglichen Gottesdienst teil. Das 2. Vatikanische Konzil hat erklärt, daß das eucharistische Opfer "Quelle und (...) Höhepunkt des ganzen christlichen Lebens" ist (37).

Das "ganze christliche Leben" kann unter Beibehaltung der Symbole "Quelle" und "Höhepunkt" wie folgt skizziert werden: Die "Quelle" sprudelt für sich selbst und dem "Höhepunkt" fehlt die menschliche Umgebung, die ihn zur Wirkung bringen

*) Siehe 4. Kapitel

könnte. Im Klartext ausgedrückt: Die Eucharistie wird als ein von den Notlagen der Menschen und dem Anliegen Jesu isoliertes Ereignis gefeiert. Von ihr führt kein Weg als "Diakonia" zu den bedürftigen Nächsten und zu ihr werden keine Fernstehenden im Apostolat (als Martyria) geleitet.

Es wirkt nicht gerade überzeugend, um nicht von Heuchelei zu sprechen, wenn sich die Gemeinde zum Gedächtnis des Todes Jesu feierlich um den Altar versammelt, seine Nachfolge, bzw. die Fortführung "seiner Sache" in diakonischen Diensten und im Apostolat aber nicht zu einer wichtigen, ständigen und gemeinschaftlichen Aufgabe macht, sowie in ihrem Verhalten nicht das Anliegen der Seligpreisungen erkannt werden kann.

Wer das Himmelreich ernst nimmt, muß sein Glaubens- und Kirchenverständnis an den Seligpreisungen messen.

Was "glauben" im Sinne Jesu heißt, ist auch heute den meisten Christen, selbst den Frommen, noch nicht bewußt. Zu sehr wird "glauben" auf das Fürwahrhalten von kirchlichen Lehr- und Glaubenssätzen, sowie auf religiöse Übungen eingeschränkt. Der Vorwurf Jesu: "*Was sagt ihr zu mir: Herr! Herr! Und tut nicht, was ich sage*" (Lk 6,46) ist auch heute noch hochaktuell. Allzu oft wird der Glaube nur im Gottesdienst gefeiert und nicht auch in Diensten am Nächsten gelebt. Alle Glieder der Kirche, insbes. die Amtsträger, sollten sich regelmäßig die Frage stellen und kritisch beantworten, ob, bzw. inwieweit ihre Aktivitäten den Seligpreisungen entsprechen.

Die Weiterführung der Sache Jesu -Verkündigung und anfanghafte Erfahrbarmachung des Himmelreichs- ist identisch mit der Verwirklichung der Seligpreisungen. Davon hängt die Glaubwürdigkeit und damit Wirksamkeit der Kirche ab. Ausgangsbasis ist ein Glaube, für den die Liebe das unersetzliche und unrelativierbare Hauptgebot bildet.

3.4.3 Relativierung der Bergpredigt

Das Verhältnis der Christen zur Bergpredigt, das sich verständlicherweise auch auf die Seligpreisungen auswirkt, beschreibt Heinz Zahrnt wie folgt:

"Bisher haben die Christen es mit ihr meistens so gehalten, daß sie sie von vornherein für unerfüllbar hielten. Die Bergpredigt schien ein Idealbild der Gesellschaft zu entwerfen, nach dem zu leben wunderschön sein müsse - nur leider, 'die Verhältnisse, sie sind nicht so'. Viele Generationen waren daher der Überzeugung, daß man mit der Bergpredigt 'nicht die Welt regieren' und 'keinen Staat machen' könne. Und so suchte die Christenheit sich gegen ihre radikalen Forderungen abzuschirmen, indem sie deren Anspruch durch lauter 'Nur' begrenzte: Die Bergpredigt

(1) fordere ‚nur' eine neue Gesinnung, aber kein praktisches Tun;

(2) sie sei ‚nur' als Spiegel gemeint, in dem der Mensch seine Sünden erkennen solle;

(3) sie gelte ‚nur' für einen elitären Kreis von solchen, die mit ganzem Ernst Christen sein wollten;

(4) sie sei 'nur' für das private Leben, nicht aber für das öffentliche Handeln in Staat und Gesellschaft bestimmt;

(5) sie verkündige 'nur' eine 'Interimsethik', gültig allein angesichts des einst erwarteten nahen Weltendes."

Auf diese Weise suchte die Christenheit sich mit der Bergpredigt zu arrangieren – es ist die Geschichte eines theologisch einfallsreichen Ungehorsams, nicht einmal eines Scheiterns, denn dazu hätte es zuerst eines ernsthaften Praxisversuches bedurft" (46).

Die obigen Relativierungen verdienen wegen ihrer (Aus) Wirkung einige erklärende Worte:

(1) Eine "neue Gesinnung", die "kein praktisches Tun" zur Folge hat, ist problematisch. Führt eine bestimmte Gesinnung nicht zu einer bestimmten Verhaltensweise und ist eine Verhaltensweise nicht der Ausdruck der ihr zugrundeliegenden Gesinnung als innere Einstellung? Wenn zwischen Gesinnung und Verhalten nicht ein Verhältnis von Ursache und Wirkung beteht, muß von Heuchelei gesprochen werden, die eine Form der Unglaubwürdigkeit darstellt. Auf derartige Widersprüche zielen die Worte von Jesus:

"An ihren Früchten werdet ihr sie erkennen. Erntet man etwa von Dornen Trauben oder von Disteln Feigen? Jeder gute Baum bringt gute Früchte hervor, ein schlechter Baum aber schlechte" (Mt 7,16-17).

(2) Diese Deutung der Bergpredigt nicht als Handlungsanweisung, sondern als "Spiegel der Sündenverfallenheit der Menschen" (47) wird der lutherischen Theologie zugeschrieben. Damit soll den Menschen ihre Sündhaftigkeit bewußt gemacht werden, "*um uns gerade so dem zuzuführen, der allein und stellvertretend für uns die von Gott geforderte Gerechtigkeit erfüllt hat*" (48)

(3) Unter dem "elitären Kreis" sind insbes. die Menschen gemeint, die in klösterlicher Abgeschiedenheit nicht den Verlockungen und moralischen Gefahren der säkularisierten Welt ausgesetzt sind.

(4) Martin Luther war der Meinung, daß die Bergpredigt nicht aufs Rathaus gehöre, "denn mit ihr 'lasse sich nicht regieren' " (49). "Rathaus" kann als Symbol für Gesetzgebung, Gesetzesdurchführung und Gerichtsbarkeit verstanden werden.

(5) Der Begriff ,,Interimsethik" wurde von Albert Schweizer (1875-1965) geprägt (50). Damit werden besondere ethische Anstrengungen bezeichnet, die im Hinblick auf das z.Z. Jesu erwartete Weltende und Weltgericht unternommen werden sollten.

Heinz Zahrnt bringt offenkundig eine weit verbreitete, wenn nicht übliche Relativierung der Bergpredigt zum Ausdruck. Insbes. der "Sündenspiegel" und die ,"Interimsethik" werden auch von Karl-Heinrich Bieritz (51), Pinchas Lapide (52) und Günther Bornkamm (50) erwähnt und im "Wörterbuch des Christentums" (47) aufgeführt. Auch die "Gesinnungsethik" bildet in dieser Aufstellung (mit Ausnahme von Bieritz) einen allgemeinen Relativierungsgrund. Dies dürften wohl die häufigsten Erklärungen -die nicht als Rechtfertigungen mißverstanden werden dürfen- sein, warum die Forderungen der Bergpredigt im Leben der Christen eine so geringe Bedeutung besitzen.

4. Als Schlußwort

Die folgenden Schriftstellen bringen die Bedeutung der Seligpreisungen und ihre Konsequenzen eindeutig und eindringlich zum Ausdruck:

"Du sollst deinen Nächsten lieben wie dich selbst" (Mt 22, 39).

"Denn wie der Körper ohne den Geist tot ist,
so ist auch der Glaube tot ohne Werke" (Jak 2, 26).

"Selig sind die Barmherzigen, denn sie werden Erbarmen finden" (Mt 5,7*)

---

*) Siehe 2.5

"Vom Weltgericht: Mt 25,31-46 (53)

[31] Wenn der Menschensohn in seiner Herrlichkeit kommt und alle Engel mit ihm, dann wird er sich auf den Thron seiner Herrlichkeit setzen. [32] Und alle Völker werden vor ihm zusammengerufen werden, und er wird sie voneinander scheiden, wie der Hirt die Schafe von den Böcken scheidet. [33] Er wird die Schafe zu seiner Rechten versammeln, die Böcke aber zur Linken. [34] Dann wird der König denen auf der rechten Seite sagen: Kommt her, die ihr von meinem Vater gesegnet seid, nehmt das Reich in Besitz, das seit der Erschaffung der Welt für euch bestimmt ist. [35] Denn ich war hungrig, und ihr habt mir zu essen gegeben; ich war durstig, und ihr habt mir zu trinken gegeben; ich war fremd und obdachlos, und ihr habt mich aufgenommen; [36] ich war nackt, und ihr habt mir Kleidung gegeben; ich war krank, und ihr habt mich besucht; ich war im Gefängnis, und ihr seid zu mir gekommen. [37] Dann werden ihm die Gerechten antworten: Herr, wann haben wir dich hungrig gesehen und dir zu essen gegeben, oder durstig und dir zu trinken gegeben? [38] Und wann haben wir dich fremd und obdachlos gesehen und aufgenommen, oder nackt und dir Kleidung gegeben? [39] Und wann haben wir dich krank oder im Gefängnis gesehen und sind zu dir gekommen? [40] Darauf wird der König ihnen antworten:

Amen, ich sage euch: Was ihr für einen meiner geringsten Brüder getan habt, das habt ihr mir getan.

[41] Dann wird er sich auch an die auf der linken Seite wenden und zu ihnen sagen: Weg von mir,

16,27
Dtn 33,2 G
19,28;
Offb 3,21

Ez 34,17

ihr Verfluchten, in das ewige Feuer, das für den Teufel und seine Engel bestimmt ist! [42] *Denn ich war hungrig, und ihr habt mir nichts zu essen gegeben; ich war durstig, und ihr habt mir nichts zu trinken gegeben;* [43] *ich war fremd und obdachlos, und ihr habt mich nicht aufgenommen; ich war nackt, und ihr habt mir keine Kleidung gegeben; ich war krank und im Gefängnis, und ihr habt mich nicht besucht.* [44] *Dann werden auch sie antworten: Herr, wann haben wir dich hungrig oder durstig oder obdachlos oder nackt oder krank oder im Gefängnis gesehen und haben dir nicht geholfen?* [45] *Darauf wird er ihnen antworten: Amen, ich sage euch: Was ihr für einen dieser Geringsten nicht getan habt, das habt ihr auch mir nicht getan.* [46] *Und sie werden weggehen und die ewige Strafe erhalten, die Gerechten aber* das *ewige Leben.*

Offb 20,10

Dan 12,2; Joh 5,29

25,32 Die Übersetzung "Schafe" und "Böcke" nimmt Rücksicht auf die sprichwörtliche deutsche Redeweise. Wahrscheinlichere Übersetzung: die Schafe von den Ziegen. In Palästina waren die Schafe weiß und die Ziegen schwarz. Die Trennung der Tiere erfolgt nach deren Farbe: Die schwarzen Ziegen kommen auf die Unheilsseite links, die weißen Schafe auf die Heilsseite rechts.

25,37.44 Beide Verse setzen voraus, daß alle Menschen, also auch Nichtchristen, nach diesem Maßstab gerichtet werden.

Die radikale Rede vom "Weltgericht" steht auf den ersten Blick in einem schroffen Gegensatz zu der Barmherzigkeit und Vergebungsbereitschaft Jesu. Einige erklärende Worte sollen daher zu dem grundsätzlichen Verständnis führen, um was es bei dem "ewigen Feuer" geht:

Die Rede vom "Weltgericht" besagt, daß

- die Menschen für ihr Verhalten verantwortlich sind und am Ende ihrer Tage oder der Welt zur Rechenschaft gezogen werden,
- das einzige Kriterium für das Urteil die Nächstenliebe bildet, die entweder erwiesen oder verweigert wurde und
- die Konsequenzen für unterlassene Nächstenliebe äußerst schwer und für erwiesene höchst beglückend sind, weil Jesus die Nächstenliebe als Gottesliebe bewertet.

Zum Verständnis gehört auch, daß das "Weltgericht" in einer sog. Bildrede dargestellt wird, wie sie für die Veranschaulichung von geheimnisvollen Wirklichkeiten in den Evangelien üblich ist. Das bedeutet, daß das "ewige Feuer" nicht in wort-wörtlichem Sinne als "ewige Strafe" verstanden werden darf. Das "ewige Feuer" soll als Bild, d.h. anschaulich zum Ausdruck bringen, daß für die Lieblosigkeit die schwerste Strafe erwartet werden muß. "Feuer" steht für stärkste Schmerzen und "ewig" für längste Dauer, die die Schwere der Strafe ausmachen.

Welcher Art die Strafe letztlich sein wird, bleibt bis zum "Weltgericht" ein Geheimnis. Sicher ist nur, daß die menschlichen Vorstellungen von der Gerechtigkeit auf einer völlig anderen Ebene liegen als die Verhaltensweise Gottes.

Die drastische Formulierung "ewiges Feuer", die nicht überboten werden kann, ist absichtlich gewählt, um den Gläubigen bewußt zu machen, **WIE** ernst sie die Nächstenliebe nehmen müssen, die in den Seligpreisungen beispielhaft dargestellt wird. Letztlich geht es um nichts weniger als um das Seelenheil, d.h. um das Schicksal im Jenseits. Es ist eine bekannte Tatsache, daß Worte, wenn sie etwas bewirken sollen, aufrüttelnd, erschütternd und eindringlich formuliert werden müssen.

Wenn auch das "ewige Feuer" nicht als Tatsache zu verstehen ist, so soll es doch als bildhaft dargestellte Mahnung vor einer Wirklichkeit bewahren, die wie "ewiges Feuer" erscheint.

5. Vorstellung des Autors und Skizzierung seines Glaubens- und Kirchenverständnisses

Zwischen dem Autor und seinem Werk besteht eine Wechselbeziehung. Zum einen läßt das Werk Schlüsse auf den Autor zu und zum anderen widerspiegelt sich seine geistige Einstellung in seinen Ausführungen. Es liegt daher im Interesse der Leserinnen und Leser und dient dem Anliegen des Autors, wenn er diese Wechselbeziehungen verdeutlicht. Dies kann am besten dadurch erreicht werden, daß sich der Autor vorstellt und —im Hinblick auf das behandelte Thema— sein Glaubens- und Kirchenverständnis skizziert.

Beim Glauben kann u.a. zwischen Inhalt und Wesen unterschieden werden. Wesentliche Glaubensinhalte für Christen bilden Gott und Jesus. Zum Kontext des Glaubens gehört die Kirche, von der heute nicht mehr gesprochen werden kann, ohne die Ökumene mit einzubeziehen.

Die Auswahl der erwähnten Themen, ihre Schwerpunkte und ihre Darstellung, die nur skizzenhaft erfolgen kann, beruht auf subjektiver Interessenlage. Es ist daher verständlich, daß es auch andere Auffassungen, Sichtweisen und Akzentuierungen gibt. Gerade diese Vielfalt des Glaubensverständnisses ergibt eine Bereicherung des Glaubens, die für seine Mündigkeit und ausgewogene Verwirklichung unerläßlich ist. Mein Glaubens- und Kirchenverständnis habe ich nicht zuletzt in der Absicht umrissen, daß es als Empfehlung und Anregung zu Glaubensgesprächen dienen möge.

5.1 Zur Person

Bei Kriegsende war ich gerade 15 Jahre alt. Ich hatte einerseits Glück, daß mir das Schicksal "die Gnade der späten Geburt" gewährte und als angestammte Heimat den deutschen Westen für mich vorsah. Andererseits weiß ich aus unvergeßlicher Erfahrung was Hunger, Angst ums Überleben und politische Unfreiheit ist. Wenn ich im Hinblick auf viel härtere Schicksale diese schwere —heute für die meisten unvorstellbare— Zeit auch relativieren kann, so hat sie mich doch entscheidend geprägt.

Ich habe mütterlicherseits eine Erziehung zur Frömmigkeit mehr erlitten als erlebt. Mein nachsichtiger Vater ließ meine Mutter zwar gewähren, hat mir aber Freiräume gelassen, so daß die nachhaltig geförderte Frömmigkeit erträglich blieb und bei mir keinen Schaden hinterließ. In unserer Familie gab es keine Fragen zum Glauben und keine Zweifel an der Kirche. Der Pfarrer war eine indiskutable Autorität mit Zügen von Verklärung und der Titel "Hochwürden" war ernst gemeint. Der Papst als Stellvertreter Christi, bzw. Gottes erschien als fast übermenschliches Wesen und der Verehrung würdig. Die Protestanten waren seinerzeit noch "Lutherische", galten als Abtrünnige und waren so eine Art Ketzer. Die unmenschliche Behandlung der Juden wurde verurteilt, doch blieb die Frage offen, ob sie vielleicht doch ihr Schicksal herausgefordert hatten. Hatten sie nicht den Gottessohn ermordet, sein Blut frevlerisch über sich herabgerufen und jede Bekehrung hartnäckig verweigert? Diese Fakten gehörten zum Glauben und ein Glaubenszweifel war eine der Todsünden, für die die Hölle geschaffen wurde. Mir imponiert noch heute, daß wir dieses höllische Risiko auf uns genommen haben. Trotzdem war in unserer Familie die religiöse Welt ungetrübt.

In meinem Berufsleben habe ich dann schon bald eine andere Welt kennengelernt.

Bei Gesprächen mit Kollegen bin ich auf religiöse Gleichgültigkeit, Glaubenszweifel, Gottesleugnung, Distanz zur Kirche und nicht selten auf Feindseligkeiten gegenüber Papsttum und Kirche gestoßen. Ich konnte aber auch Interesse für Jesus und Gott feststellen, das allerdings nicht von der kirchlichen Verkündigung ausgelöst wurde und jede dogmatische Einengung ablehnte. Bei meinen Reisen als Exportleiter im Nutzfahrzeugbereich kam ich häufiger mit Geschäftsfreunden, aber auch unbekannten Menschen über Glaube und Kirche ins Gespräch, wobei ich die gleichen Erfahrungen machte. Dabei wurde mein Empfinden für glaubensmäßige Defizite und Unzulänglichkeiten in der Kirche geweckt und immer mehr geschärft.

Mein Glaube ist durch diese Erfahrungen unbefriedigend geworden, wenn ich ihn auch weiterhin für unerläßlich hielt.

Aus diesem Gefühl habe ich bei der Domschule Würzburg zwei theologische Fernkurse mit Seminaren absolviert. Die vermittelten Kenntnisse schienen mir aber für Gespräche mit kirchlich Fernstehenden nicht ausreichend. Ich habe daher anschließend eine ganze Reihe Bücher über den Glauben und die Kirche gelesen, und lese sie weiterhin, die eine Bandbreite von konstruktiver bis destruktiver Kritik einnehmen. Für diese beiden Pole stehen beispielhaft die Autoren Hans Küng und Karlheinz Deschner. Zwangsläufig wurde mein Interesse für die Kirchengeschichte geweckt, die ich als gute Ergänzung zur allgemeinen Geschichte betrachte, der schon immer mein Interesse gilt.

Als Schwerpunkte meiner geistlichen Interessen haben sich das Wirken Jesu, die Problematik des Glaubens und die Aktivitäten der Gemeinden als Kirche herausgebildet.

Im "Anzeiger für die Seelsorge - Zeitschrift für Pastoral und Gemeindepraxis" sind von mir u.a. folgende mehrseitige Artikel erschienen: "Die Fernstehenden - Eine Herausforderung für die Gemeinden", "Der Irrtum von der 'Weitergabe' des Glaubens", "Der Apfel fällt doch weit vom Stamm - Kirchlich distanzierte Kinder und fromme Eltern", "Wie hältst du es mit der Kirche -Eine Antwort vom Arbeitsplatz", "Zeitgemäße Verkündigung aus der Sicht kritischer Christen". Über ehrenamtliches Engagement als Besuchsdienst in den Gemeinden habe ich ein Buch mit dem Titel geschrieben "Und keiner blieb in seiner Not allein -Lebendige Gemeinde durch soziales Engagement". Seit über 15 Jahren unterhalte ich mit mehreren

Briefpartnern (u.a. auch Kleriker) eine Korrespondenz über Fragen zu Glaube und Kirche.

5.2 Über Gott

Die sprachliche Vermenschlichung Gottes durch die Bezeichnungen "Person" und "Vater" kann leicht zu einem falschen Gottesbild führen. Für die meisten Christen ist Gott -trotz aller dogmatischen Definitionskunst, die ihnen unbekannt ist und unverständlich wäre- vereinfacht ausgedrückt, ein Mann. Für die feministische Theologie ist Gott mindestens auch "Mutter". "Person" und "Vater" sind Bildworte, die aber kein ganzes Bild, sondern nur einen Ausschnitt wiedergeben, der zudem aus einer bestimmten Perspektive betrachtet werden muß. Gott ist nicht (wie) ein Idealtyp von Vater, sondern ein ganz anderer.

Gott ist absolute und unbegrenzte Macht, die sich als Geheimnis jeder Erkenntnis entzieht. Die Sprache vermag nicht in Worten auszudrücken, was der menschliche Geist nicht zu erfassen vermag. "Wovon man nicht sprechen kann, darüber muß man schweigen", folgert Ludwig Wittgenstein zum Abschluß seines "Tractatus logico-philosophicus". Diese Maxime gilt insbes. für Aussagen über Gott, weil sie nicht nur von sachlichem Unvermögen, sondern auch von gebotener Ehrfurcht gerechtfertigt wird.

Es genügt, das Verhältnis Gottes zu den Menschen zu erahnen, das nach der Verkündigung Jesu von Liebe bestimmt wird, die das Hauptgebot bildet.

"Schweigen" aus "Armut im Geiste" ("Seligpreisungen") ist Ausdruck von Ehrfurcht und Demut, die allein Gott gebührt. Bei dieser Einstellung bleibt Gott ein Geheimnis und es unterbleiben alle Versuche, Gott zu beschreiben, zu definieren und wie ein Objekt in Lehrsätzen zu behandeln. Wer immer versucht, Gott als Geheimnis zu erklären, reduziert die

Göttlichkeit auf menschliches Niveau und macht sich der Ehrfurchtslosigkeit und der Überheblichkeit schuldig.

Das Bildverbot (54) in den "Zehn Geboten" beschränkt sich nicht darauf, von Gott "kein Schnitzbild zu machen" (Ex 20,4; Dtn 5,8), sondern gilt sinngemäß für alle Arten der Darstellung. Falsche Gottesvorstellungen werden nicht nur durch Skulpturen und Gemälde, sondern auch durch gesprochene und geschriebene Worte hervorgerufen.

Die Christen –genauer formuliert die Kirchen– gestalten ihr Verhältnis zu Gott nach eigenen Vorstellungen und auf höchst einfache Weise. Sie loben, preisen, verehren und beten Gott an. Sie glauben, daß mit der Menge und Feierlichkeit ihres "Gottesdienstes" seine Wirkung und Gottgefälligkeit erhöht werden kann. Sie bauten herrliche Dome, schufen unüberbietbare Kunstwerke und nahmen dabei in Kauf, daß der Glanz dieser Kulturleistungen auf sie zurückfiel und als Zeichen ihrer weltlichen Macht wirkte.

Was wäre wohl die (Aus)Wirkung gewesen, wenn der hierfür benötigte Aufwand an Geist, Energie, Kreativität, Ausdauer und Geld in Werke der und für die Nächstenliebe investiert worden wäre, um das von Jesus verkündigte Himmelreich schon anfanghaft auf Erden erfahrbar zu machen?

Der Gott, der Gefallen an Äußerlichkeiten als Zeichen der Macht und der Verehrung findet, ist nicht der Gott, den Jesus geoffenbart hat. Ein derartig negativ-vermenschlichter Gott ist vielmehr ein Produkt der Theologen (55), das den Glauben erschwert und vielen Menschen als unglaubhaft erscheint. Die Folge ist, daß der von der Kirche vertretene, bzw. in Anspruch genommene Wille Gottes nicht selten ihre eigenen Absichten zur Geltung brachte und bringt.

Der Wille Gottes ist nach der Verkündigung Jesu die Liebe, die als Hauptgebot (Mt 22,37-39) verwirklicht werden soll. Die Definition der Nächstenliebe liegt aber nicht im Belieben der Kirche; In der Bergpredigt (Mt 5-7) hat Jesus Grundsätze der

Nächstenliebe und Beispiele zu ihrer Erklärung aufgeführt. Die Welt erlebt die Kirche aber nicht als eine brüderliche Gemeinschaft der Liebe, sondern als eine standesgeprägte Institution der Unter- und Überordnung, die auf der Basis selbstgeschaffener Fakten (Tradition, Dogmen und Kirchenrecht) autoritär geführt wird.

Die Menschen bedrängt schon immer die Frage, wie kann ein liebender und allmächtiger Gott das Böse (Ungerechtigkeit, Gewalt, Verbrechen und Kriege) in der Welt zulassen? Manche dehnen diese Frage auch auf das Leid aus, das durch Armut, Krankheit, Behinderung, Unfälle, früher Tod und Naturkatastrophen ausgelöst wird. Diese Frage wirkt für viele wie ein Stachel im Glauben, der als schmerzender Fremdkörper empfunden wird. Für nicht wenige sind alle Antworten unbefriedigend. Sie können entweder Glaubenszweifel nicht beheben oder sollen den Unglauben rechtfertigen.

Ich sehe das Problem darin, daß eine Antwort –wie sie auch ausfallen mag– nicht zum Glauben führt, sondern nur aus dem Glauben kommen kann.

Anders formuliert: Der Glaube vertraut auf die Liebe Gottes, auch wenn das Böse und das Leid nicht verstanden werden kann. Dieses Vertrauen läßt die in Rede stehende Frage gar nicht aufkommen. Viele konnten die Erfahrung machen, daß Leid ungeahnte Perspektiven für die Lebensgestaltung eröffnen und eine neue Lebensqualität vermitteln kann. Alles Böse und Leid wird zudem bis zur Erträglichkeit reduziert, wenn es in ein Verhältnis zum Jenseits als ewiges Leben gesetzt wird.

Wenn auch der Sinn und Ursprung des Bösen nicht ermittelt, sondern nur (verschieden) gedeutet werden kann, so sollte doch die Rolle, die die Menschen im Spiel der Unmenschlichkeiten darstellen, nicht unterbewertet werden.

Es gilt heute als "Stand der Erkenntnis", daß die Menschen über einen freien Willen verfügen und daher

Entscheidungsmöglichkeiten besitzen. Alle Verhaltensweisen sind letztlich das Ergebnis von Entscheidungen. Niemand ist gezwungen, auf eine bestimmte Weise zu agieren und zu reagieren. Ausnahmefälle von innerem und äußerem Zwang können in diesem Zusammenhang unberücksichtigt bleiben.

Weil immer Alternativen bestehen, ist das Böse die Folge von mißbrauchter Freiheit. Der Grund liegt in falscher Orientierung und egoistischen Maßstäben, die sich als Verantwortungslosigkeit auswirken.

Wer seine Verhaltensweise an der Nächstenliebe ausrichtet, wird nicht nur Böses unterlassen, sondern auch Gutes wirken. Wer sich aber an das von Menschen geschaffene Recht hält, wahrt zwar seine Unbescholtenheit, kann aber trotzdem moralisch schuldig werden. Die Nächstenliebe ist ein unfehlbarer Maßstab, das Recht aber nur ein dürftiger Ersatz!

Die Willensfreiheit des Menschen ist ein Wesenszug, der seine Ähnlichkeit mit Gott und damit die Menschenwürde mit begründet. Gott achtet die Menschenwürde so sehr, daß er auch den Mißbrauch der (Willens)Freiheit in Kauf nimmt. Er hindert nicht die Bösen und verhindert nicht das Böse. Er behandelt die Menschen nicht als Kinder und spielt nicht das Kindermädchen, das verbietet, verhindert und bestraft. Er agiert nicht wie ein Hüter des Gesetzes und Missetäter werden von ihm nicht durch den Entzug der Freiheit entmündigt. Damit wird die Verantwortung der Menschen aber nicht aufgehoben, sondern nur bis zu dem Zeitpunkt aufgeschoben, den Gott bestimmt.

Es fällt auf, daß bei "Großtaten" des Bösen, wie wir sie in jüngster Vergangenheit erleben mußten, das Stichwort Auschwitz möge genügen, auch *die* Menschen die unterlassene Intervention von Gott beklagen oder anklagen, die sich nicht nach seinem Willen richten und für die er nicht zu existieren scheint. Wo bleibt denn da die Logik?

5.3 Über Jesus

Wer Jesus ist, hat die kath. Kirche dogmatisch entschieden. Viele Exegeten sind jedoch anderer Meinung, aber nicht aus Opposition gegen die Kirche, sondern als Konsequenz ihrer Forschungsergebnisse und ihrer geistigen Unabhängigkeit.

Daß die neuen Erkenntnisse das Kirchenvolk noch nicht erreicht haben und so schnell auch nicht erreichen werden, hat plausible Gründe. Der Amtskirche geht es nicht um die wissenschaftliche Genauigkeit, Wahrscheinlichkeit oder Wahrheit, wie immer man die neuen Erkenntnisse bezeichnen mag, sondern allein um ihre Lehre, die aber noch aus dem Mittelalter stammt. Wer neue Erkenntnisse mit alten Worten lehrt, macht sich verdächtig und riskiert einiges. Wer aber "neuen Wein in neue Schläuche" füllt, um biblische Bildworte zu verwenden, gilt nicht mehr als katholisch. Wer mag schon als Pfarrer, Redakteur, Religions- oder Hochschullehrer –allgemein als Angestellter der Kirche– der Wahrheit seine wirtschaftliche Existenz opfern? Wer es aber trotzdem tut, was zwar heldenhaft und nicht klug wäre, erscheint als Feind der Kirche und büßt bei gehorsamen Katholiken seine Glaubwürdigkeit ein.

Die Problematik besteht darin, daß Jesus eine Persönlichkeit der Geschichte und Christus als Messias, der Gesalbte und Sohn Gottes eine Gestalt des Glaubens der Kirche ist. Der Nazarener ist als Jesus am Kreuz gestorben und als Christus von den Toten auferstanden und in den Himmel aufgefahren.

Wer Jesus wirklich war, ist für viele, insbes. für kritische Menschen eine offene Frage und wird es bleiben. Auch die von Jesus verwendete Selbstbezeichnung "Menschensohn" trägt nicht zur Klärung bei, weil sie verschieden ausgelegt wird.

Die Evangelien vermögen zur Beantwortung der Frage, wer Jesus wirklich war, nichts Entscheidendes beizutragen. Sie sind selbst zu einem Problem geworden, seit Hermann Samuel Reimarus (1694-1768), Professor für orientalische Sprachen in Hamburg, eine Bibelkritik im Umfang von viertausend Seiten verfaßte. Zweitausend Seiten betreffen seine Kritik an den Evangelien, die er in der "Streitschrift für die vernünftigen Verehrer Gottes" zusammenfaßte, die er aber nicht zu veröffentlichen wagte. Gotthold Ephraim Lessing (1729-1781) hat 1774 nach dem Tode von Reimarus Auszüge des Gesamtwerks unter dem Pseudonym des "Wolfenbüttelschen Ungenannten" veröffentlicht und sich damit enorme Schwierigkeiten eingehandelt. Albert Schweitzer (1875-1965) nannte die Tat von Lessing eine "große historische Leistung" (56).

Inzwischen ist u.a. bekannt, daß die Evangelien nicht nur den Glauben der Gemeinde, in der sie entstanden sind, sondern auch die persönliche Auffassung der Redakteure widerspiegeln. Außerdem sind sie z.T. später ergänzt worden. Ein großes Problem besteht auch darin, daß die in griechischen abgefaßten Evangelien auf Aussagen in aramäischer Sprache basieren. Diese nicht in schriftlicher Form vorliegende mündliche Überlieferung wurde teilweise falsch interpretiert und in den Evangelien sinnwidrig wiedergegeben.

Die eigentliche Problematik liegt nicht in den Evangelien, sondern darin, daß die Forschungsergebnisse nicht zugegeben und erklärt werden, sowie Berichtigungen unterbleiben. Die Evangelien enthalten so viele authentische Worte von Jesus und sinntreue Ergänzungen, daß ihre Qualität keineswegs beeinträchtigt und ihre Verbindlichkeit nicht im geringsten eingeschränkt wird. Wer die Evangelien kritisch liest, gefährdet nicht seinen Glauben, sondern gewinnt ein Verhältnis zu Jesus, das von Überzeugung geprägt wird und nicht durch bloßes Fürwahrhalten letztlich unmotivierend, unbefriedigend und unwirksam bleibt.

Die Erhöhung Jesu zu Christus hat weitreichende Folgen, wie nachstehendes Dogma erkennen läßt; "Der Gottmensch Jesus Christus ist mit einem einzigen Kult, und zwar mit dem Gott allein zukommenden absoluten latreutischen* Kult zu verehren" (57).

Der Kult wurde zur Hauptaufgabe und zum Kennzeichen der Kirche. Die Erinnerung an das Abendmahl wurde in der Zeit der Apostel nachweislich als übliches Mahl gefeiert, dem ein Presbyter (Ältester) vorstand. Die weitere Entwicklung ist im Sinne des vorstehenden Dogmas verlaufen: Aus dem Mahl zur Sättigung wurde der Kult der Eucharistie. Aus gewählten Presbytern wurden eingesetzte Priester und aus Brüdern und Schwestern wurde der Stand der übergeordneten Kleriker und der untergeordneten sog. Laien.

Auf der gleichen Ebene liegt auch die selbstgeschaffene Erhöhung der Nachfolger der Apostel: Aus Jüngern (=Schülern) wurden Apostelfürsten. Aus dem fehlbaren Petrus wurden unfehlbare Päpste, und aus dem Bischof von Rom wurden Stellvertreter Christi, bzw. Stellvertreter Gottes. Es fällt mir sehr schwer, zum Titel "Stellvertreter Christi" keinen Kommentar abzugeben.

Jesus fordert und erwartet keine Verehrung. Er lehnt sogar Ehre von Menschen ab (Jh 5,41). Auch dem Kult steht er ablehnend gegenüber und will Barmherzigkeit anstatt Opfer (Mt 9,13; 12,7). Das Anliegen Jesu ist die Weiterführung "seiner Sache" und er ruft dafür zu seiner Nachfolge auf. Diese bedeutet Erfahrbarmachung der Nächstenliebe nach seinem Vorbild und Verkündigung des Himmelreichs. Es geht hier nicht um bezahlte Dienste von Angestellten der Kirche, sondern um die wahrnehmbare Glaubensverwirklichung der sog. Laien. Daß hier eine Fehlanzeige fällig ist, bedarf keiner Beweise.

*) "Latrie" (griech.): Verehrung, Anbetung

Die Kirchenkrise ist nicht entstanden, weil Christus zu wenig verehrt wird, sondern weil die "Sache Jesu" im Wirken der Gläubigen nicht erkannt werden kann. Die Verehrung Christi hat durchaus ihre Berechtigung. Sie wird aber zum Problem, wenn sie die Nachfolge Jesu nicht ergänzt, sondern ersetzt oder verdrängt.

Jesus Christus ist als "Sohn Gottes" für die meisten ein Problem, die aus ihrem Kinderglauben herausgewachsen sind. Bei Diskussionen suchen Kleriker zwar Deutungswege aufzuzeigen, die sich aber alle im Dickicht von Mehrdeutigkeiten, Unverständlichkeiten und logischen Unzumutbarkeiten verlieren und zu keinem eindeutigen Ziel führen. Die einfache Gretchenfrage, ob die Sohnschaft biologisch oder theologisch zu verstehen ist, wird selten, wenn überhaupt mit einem schlichten Ja oder Nein beantwortet. Die Gründe für diplomatische Antworten auf dogmatische Rückfragen sind bekannt. Eine jüdische Deutung von "Sohn Gottes" ist unter 2.7.6 aufgeführt.

Die Christologie mag noch so gründlich ausgearbeitet und die Dogmen mögen noch so juridisch-verbindlich formuliert sein, sie können Jesus nicht in verständlicher Weise erklären.

Nach Gott ("Vater") ist Jesus das größte göttliche Geheimnis, dem man sich nur in Ehrfurcht und Demut nähern soll. Ehrfurcht vor göttlichem Geheimnis bedeutet Verzicht auf Darstellungen, wie sie für Menschen üblich sind. Ein Geheimnis kann nicht erklärt, beschrieben oder definiert, sondern nur erahnbar gemacht werden. Darüber hinauszugehen wäre Überheblichkeit, Ehrfurchtslosigkeit und eine Form der Glaubensschwäche.

Aus den Evangelien kann entnommen werden, daß Jesus keinen Wert darauf legte, daß ihn die Menschen für den Messias hielten. Eine Bestätigung kann in seiner negativen Einstellung zu Ehre und Verehrung gesehen werden.

Jesus kam es nur darauf an, daß ihm die Menschen zuhörten, seine Worte ernst nahmen und ernsthaft versuchten, den vom ihm verkündeten Willen Gottes zu befolgen. Er maß Worten keine Bedeutung bei, beurteilte seine Zeitgenossen nur nach ihrem Verhalten und ging mit Heuchlern sehr unsanft um. Nach den Worten Jesu kommt nicht jeder in den Himmel, der ihn als "Herr" anerkennt, sondern nur diejenigen, die Gottes Willen verwirklichen (Mt.7,21).

Der Himmel ist daher nicht für Christen kraft der Taufe reserviert, sondern steht allen offen, die so leben wie Christen leben müßten.

Diese Feststellung ist schwerwiegend und verdient, vertieft zu werden. Nach der Aussage Jesu hängt die Seligkeit nicht von der Taufe, vom Fürwahrhalten von Lehrsätzen und kultischen Übungen, sondern allein von der Erfüllung des Willens Gottes ab, der im Hauptgebot der Liebe zusammengefaßt ist. Diesen Anforderungen können durchaus auch Humanisten, Kommunisten und Atheisten gerecht werden. Mancher hat schon die Erfahrung gemacht, daß sich sog. Heiden und Ungläubige christlicher verhalten haben als Christen und Fromme nicht selten wegen ihrer Lieblosigkeit zum Ärgernis wurden.

Nicht das Bekenntnis zu Jesus Christus als dem "Sohn Gottes" führt zur Seligkeit, sondern nur die Befolgung seiner Worte!

5.4 Über den Glauben

Die gegenwärtige Glaubenskrise, die größte seit Bestehen der Kirche, ist primär nicht das Werk finsterer Mächte, sondern die zwangsläufige Folge einer –milde ausgedrückt– dürftigen Verkündigung. Wer die vorkonziliare Kirche wie ich, bewußt erlitten hat, weiß was ich meine. Die anderen, denen die "Drohbotschaft" erspart blieb, können sich einerseits die bitteren

Erfahrungen ihrer Vorfahren nicht vorstellen, werden aber andererseits auch nicht von der heutigen lauen Frohbotschaft ergriffen.

Die Amtskirche konnte zwar inzwischen begreifen, was in ihrer Verkündigung inhaltlich und tendenziell falsch war, hat aber bis heute noch nicht gelernt, was anders, d.h. besser gemacht werden muß.

Für die Amtskirche ist die Tradierung des Glaubens offensichtlich immer noch eine einfache Angelegenheit, wie in der "Weitergabe" des Glaubens zum Ausdruck kommt, die zu einem Schlagwort geworden ist.

Der Glaube, der diesen Namen verdient, konnte noch nie "weitergegeben" werden, was früher durch Gewohnheit und Heuchelei verschleiert wurde und heute durch die Ohnmacht der Kirche offenkundig wird. Was "weitergegeben" werden kann und wurde, sind Lehr-Sätze, frommes Brauchtum und religiöse Gewohnheiten. Ist das vielleicht der Glaube, den Jesus erfahrbar machen wollte? Die Antwort geben die Kirchenmitglieder, die u.a. an der dramatisch zurückgegangenen Teilnahme am Gottesdienst abgelesen werden kann.

Als die Amtskirche noch gesellschaftliche Macht besaß und geistigen Druck ausübte, konnte sie die Spielregeln des äußerlichen Glaubenslebens bestimmen.

Heute kann die Amtskirche nur noch Einfluß ausüben, wenn sie zu überzeugen vermag. Überzeugung entwickelt sich aber nur durch sachliche Glaubhaftigkeit und persönliche Glaubwürdigkeit. Das Problem liegt darin, daß nicht die Amtsträger, sondern die Gläubigen darüber befinden, was glaubhaft und glaubwürdig ist. Hinzu kommt, daß die sog. Laien nicht mehr Antworten auf nicht gestellte Fragen akzeptieren, sondern eine Befriedigung ihrer Glaubensbedürfnisse erwarten.

Auf eine derartige Situation sind die meisten "Hirten" und "Oberhirten" nicht vorbereitet, weil sie die sog. Laien noch zu oft als "Herde" betrachten und dementsprechend behandeln.

Was dem Seelenheil dient, wissen dank Studium, Weihe und Vollmacht nur die Amtsträger. Bedürfnisregungen der Gläubigen werden in der Regel als unzumutbarer Anspruch auf Gefälligkeitspastoral und unzulässiges Auswahlchristentum abgewehrt. "Dienen" ist für die Amtsträger zwar eine Lieblingsvokabel, aber keine Tätigkeit im Sinne der Bedürfnisbefriedigung, die für viele Kleriker ein (mißverstandenes) Reizwort darstellt. Die Gläubigen reagieren darauf mit Unverständnis, Gleichgültigkeit und Distanzierung.

Zwischen der hochentwickelten Theologie und der mehr als bescheidenen Glaubensverwirklichung an der Kirchenbasis besteht ein unübersehbares Mißverhältnis.

Was sollen eigentlich die vielen Bücher und Artikel, wenn sie nicht der Glaubensentwicklung und –Verwirklichung dienen? Es entsteht der Eindruck, daß sie oft nur geschrieben werden, um die Autoren bei ihren Oberen für einen Titel oder eine Beförderung zu qualifizieren. Dementsprechend fällt auch der Inhalt und Tenor der schriftlichen Bemühungen aus. Im Sinne ihrer Wirkung für das Kirchenvolk, um dessen Seligkeit es letztlich geht, müssen sie aber als nutzlos bewertet werden.

Auch heute stellt sich die Frage, ja sogar unausweichlich, was glauben eigentlich heißt.

In der Praxis der Kirche äußert sich der Glaube im Fürwahrhalten von Lehrsätzen und in der Teilnahme am Gottesdienst. Eine kleine Minderheit beteiligt sich auch an anderen kirchlichen Veranstaltungen. Der Ort der Glaubenserfahrung wird im wörtlichen Sinne von den Kirchenmauern begrenzt. Die meisten Kirchgänger können mit kritischen Menschen nicht über ihren Glauben sprechen, weil seine Substanz in Güte und Umfang unterentwickelt ist. Ihr Glaube orientiert sich fast ausschließlich an den wichtigsten Lehrsätzen der Kirche und an den Sakramenten, die den Mittelpunkt und das Standardthema der kirchlichen Glaubenslehre bilden.

Die Bergpredigt spielt in Gedanken, Worten und Werken keine Rolle und dient allenfalls als Aushängeschild christlicher Ethik, das bei Bedarf als Dekoration hervorgeholt wird. Für das Glaubensleben sind die Dogmen und das Kirchenrecht wichtiger als die Weisungen Jesu.

Die Frommen gelten als die Stützen der Kirche. Ihnen gilt die besondere Fürsorge der Bischöfe und des Papstes.

Sie zeichnen sich durch viel beten, häufigere Teilnahme am Gottesdienst, Pflege frommen Brauchtums, Inanspruchnahme des Bußsakraments, kindliche Marienverehrung, Spendenfreudigkeit und demonstrative Papstergebenheit aus. Viele von ihnen fallen aber auch durch konservative Rückständigkeit, aggressive Kreuzzugsmentalität und schmerzliche Intoleranz auf. Zu den Frommen zählen hauptsächlich Frauen und allgemein Gläubige, deren Alter sie nicht mehr zu gesellschaftlichen Aktivitäten ermutigt. Die Erfahrung zeigt, daß die übliche Frömmigkeit keine werbende Kraft für die Gewinnung von Menschen für die Kirche besitzt und auch nicht in den Gemeinden als "Salz" wirkt.

Nach den Worten Jesu soll der Glaube wie "Salz" (Mt 5,13) die Gesellschaft durchdringen und die Gläubigen sollen wie "Licht" (Mt 5,14-16) das Dunkel von Egoismus, Lieblosigkeit und Unfrieden erleuchten. In diesem Sinne ist der Glaube, so er lebt, eine verwandelnde Kraft, die nicht nur Böses verhindert, sondern auch Gutes bewirkt. Die Nächstenliebe muß als Hauptgebot den Glauben prägen und daher ganz konkret erfahren werden können.

Das Entscheidende des Christentums und das Unterscheidende von allen anderen Religionen ist die Liebe, die als Gottes-, Nächsten-, und Selbstliebe wirken soll.

Die Nächstenliebe ist keine sentimentale Angelegenheit, sondern eine Verhaltensweise, die die Gleichgültigkeit und Teilnahmslosigkeit überschreitet und materielle, geistige und geistliche Defizite, unter denen Menschen leiden, wenigstens teilweise ausgleicht. In der Praxis bedeutet dies schlicht "teilen" von (Frei)-Zeit, Gütern, Kenntnissen und Erfahrungen. Dadurch werden nicht nur die dringendsten Bedürfnisse befriedigt, sondern es können auch Gemeinschaften entstehen, gefestigt oder wiederhergestellt werden. Der Glaube ist keine Privatangelegenheit, sondern hat einen gemeinschaftsbezogenen Auftrag, dessen Schwerpunkt nicht im Kreis von Gleichgesinnten und Bedürfnislosen liegen darf. Ein anderes Glaubensverständnis führt nicht zur Nachfolge Jesu.

5.5 Über Gemeinden als Kirche

Die Kirche verwirklicht sich ganz konkret in den Gemeinden (58) und durch ihre (Mit)Glieder.

Zwischen Glaube und Gemeinde besteht eine Wechselbeziehung. Der Glaube bestimmt das Leben der Gemeinde, bzw. Gemeindeglieder und die Gemeinde vermittelt den Glauben. Die gegenwärtige Glaubenskrise ist daher auch eine Kirchenkrise, wobei wie bei der Henne und dem Ei nicht gesagt werden kann, was zuerst da war. Auf alle Fälle kann von einer zweiseitigen Glaubens- und Kirchenkrise gesprochen werden.

Das Leben der Gemeinden läßt sich anschaulich mit einer Ellipse vergleichen: Es besitzt zwei (Brenn) Punkte und findet in einem geschlossenen Kreis, bzw. Rahmen statt.

Einen (Kristallisations)-Punkt bilden die Aktvitäten zur Vorbereitung und Durchführung der Gottesdienste, der Erstkommunion und der Firmung, sowie anderer Veranstaltungen mit religiösem Charakter. Der andere Punkt symbolisiert alle übrigen Tätigkeiten einschl. der Zusammenkünfte zur Pflege der Geselligkeit im weitesten Sinne.

Die geschlossene Form der Ellipse bedeutet, daß ihr Inneres eine (ab)geschlossene Einheit darstellt. Die Gemeindemitglieder genügen sich selbst und verlassen nicht ihre "Ellipse", um in Kontakt mit "Außenstehenden" zu kommen. Daher unterbleiben auch alle Bemühungen, sog. (kirchlich) Fernstehende für die "Ellipse" zu gewinnen. Von nicht ins Gewicht fallenden Ausnahmen abgesehen, wirken die Gemeinden als Selbstzweck und "geschlossene Gesellschaft".

Die Selbstgenügsamkeit der Gemeindemitglieder kommt darin zum Ausdruck, daß sie außerhalb ihrer "Ellipse" die Kirche nicht erfahrbar machen, d.h. kein Glaubenszeugnis ablegen.

Die sog. Laien beteiligen sich nicht an den außerliturgischen Grundvollzügen der Kirche, die den Liebesdienst (Diakonia) und den Verkündigungsdienst (Apostolat) umfassen. Wer gibt sich schon bei Gesprächen und Diskussionen als Christ zu erkennen und argumentiert aus dem Glauben? Ist schweigen nicht die Regel, wenn abfällig über Glaube und Kirche gesprochen wird? Wo sind die bekennenden Christen am Arbeitsplatz, in Vereinen, Gremien, in der Nachbarschaft und an den Stätten der Freizeit? Es muß allerdings zugegeben werden, daß die Katholiken für kritische Glaubensgespräche nicht fähig sind, weil der "weitergegebene" Glaube dafür bei weitem nicht ausreicht. Für das sog. Laienapostolat hat die Amtskirche nicht die geringsten Voraussetzungen geschaffen.

Auch diakonische Dienste mit geringen Anforderungen wie Besuche, Begleitungen und Besorgungen, für die soziale Einrichtungen (oft) nicht in Frage kommen, zählen zu raren Ausnahmen. Das Problem ist, daß ein organisierter Besuchsdienst nur in wenigen Gemeinden besteht oder die erforderlichen Mitarbeiter / innen nicht gewonnen werden. Tatsache ist auch, daß Pfarrer, die sich für ein derartiges Engagement einsetzen, gesucht werden müssen.

Auf alle Fälle wird für die Einsamen, Gebrechlichen und Behinderten gebetet und gelegentlich eine Stelle in den Fürbitten im Gottesdienst reserviert. Was ist das für ein anspruchsloser Glaube, bei dem tätige Hilfe durch Gebete ersetzt werden kann?

Die "Außenstehenden" werden schon durch die öffentliche Bekanntmachung zu den Veranstaltungen der Kirche eingeladen, was der Ordnung halber gesagt werden soll. Es muß aber hinzugefügt werden, daß diese Angebote reine Formsache sind, steril wirken und nicht als Anliegen empfunden werden. Wenn schon Neuzugezogene zu Veranstaltungen der Gemeinde kamen, mußten sie feststellen, daß sie nicht gerade willkommen sind. Sie werden meistens sich selbst überlassen, was nichts anderes als Nichtbeachtung ist. Der Gedanke, Menschen für die Kirche zu gewinnen, ist den Gemeinden fremd. Wer davon spricht, stößt auf eisernes Unverständnis. Auf diese Weise bewahren die Gemeinden ihre (Ab)Geschlossenheit vor äußerer Zudringlichkeit.

In den meisten Gemeinden ist die Meinung vorherrschend, daß Kritik am Bestehenden und der Wille zu Änderungen unzumutbar sind. Wer trotzdem etwas bewegen will und die Notwendigkeit begründet und sich eventuell zur Hartnäckigkeit erdreistet, wird sehr schnell mit dem heimlichen Etikett Kritiker, Querulant, Besserwisser, Angeber und Störenfried versehen. Eine sachliche Auseinandersetzung unterbleibt meistens und wird auf die persönliche Ebene verlagert. Bewährte Praktiken sind Isolierung, Entsolidarisierung, Ignorierung und Ausgrenzung. Die Folge ist fast immer ein Rückzug wegen Aussichtslosigkeit. Dann kehrt wieder die ungestörte Einheit der Untätigkeit in die Gemeinden ein und es bleibt alles beim Alten. Die "Macher", die es in jeder Gemeinde gibt, nehmen mehrere Funktionen wahr, haben für keine Aufgabe Zeit, geben keinen Posten ab, machen sich unentbehrlich, verwalten Restbestände anstatt Neues zu schaffen und setzen die Tradition der Unzulänglichkeiten fort.

Wie will die Kirche ihre Krise aber abschwächen, wenn Gestaltungswillige und gestaltungsfähige Kräfte nicht nur nicht gewonnen, sondern aus den Gemeinden auch hinausgeekelt werden?

Die Reform-Utopisten, die für eine Demokratisierung in der Kirche eintreten, sollten zunächst das Machbare ins Auge fassen und sich dafür einsetzen, daß die sog. Laien in den Gemeinden ihren Gestaltungsspielraum ausloten und ausnützen. Wenn auch die sog. Laien im Kirchengemeinderat de jure nur beratende Funktion haben, so besitzen sie doch durch die Macht der Umstände de facto Entscheidungsmöglichkeiten. Kein Pfarrer vermag bei vertretbaren Anliegen gegen den Kirchengemeinderat zu "regieren".

Die Wirklichkeit zeigt aber, daß die Kirchengemeinderäte allenfalls die Note "ausreichend" verdienen, weil sich ihre Leistung im Allernotwendigsten der Verwaltung erschöpft. Für neue Ziele und Wege fehlt vor allem die Kreativität, Mut zum (begrenzten) Risiko, Experimentierfreude, Beharrlichkeit und Durchsetzungsvermögen. Nicht selten kann auch die notwendige Ein-, bzw. Mehrheit nicht zusammengebracht werden. Der Wille, geschweige denn die Fähigkeit, zur Gewinnung neuer Mitarbeiter / innen (von außerhalb der "Ellipse"), zur Motivation von Kollegen und zur Mobilisierung vorhandener Reserven ist nicht einmal ansatzweise wahrnehmbar. Die Kirche repräsentiert das, was die Gemeinden in ihrer Gesamtheit darstellen.

Wenn auch zu viele Verlautbarungen aus Rom keine Werbung für die Kirche sind und nicht selten sogar kontraproduktiv wirken, so haben sie doch keinen Einfluß auf das Gemeindeleben. Auch die Einwirkung der Bischöfe als "Aufseher" ist unbedeutend, weil sie sich nur bei "Brandfällen" bemerkbar macht. Die Gemeinden sind daher einzig und allein für ihr Tun und Lassen zuständig, indirekt auch verantwortlich und können bei einem unbefriedigenden Zustand nicht entschuldigend auf die kirchliche Obrigkeit verweisen. Die direkte Verantwortung liegt bei dem Pfarrer und dem Kirchengemeinderat. Jede "Pfarrei" ist soviel "Gemeinde", wie sie es verdient!

Rom hat die Vergangenheit der Kirche geprägt. Die Zukunft der Kirche kann aber nicht in Rom, sondern nur in den Gemeinden gestaltet werden. Rom mag projektieren, dekretieren und reglementieren, die Gemeinden aber –und nur sie allein– realisieren".

Das größte Problem der Kirche sind nicht die fehlenden Priester, sondern sterile Gemeinden. Die Ursache ist nicht der Priestermangel, sondern ein unterentwickelter, unbefriedigender und unerfahrbarer Glaube. Die Stärke der Priester liegt nicht in der Glaubensvermittlung –sie begnügen sich mit einer einfachen, aber unwirksamen "Glaubens-weitergabe" – sondern in der Liturgie mit ihren mannigfachen Ausdrucksformen. Als noch jede Gemeinde einen Pfarrer hatte, waren die Menschen zwar frömmer, aber nicht gläubiger. Ihr Glaube war fürwahrhalten und Gefühl, aber nicht Überzeugung und Befriedigung. Im übrigen haben in der Urkirche nicht die Priester (die es noch gar nicht gab), sondern sog. Laien die Glaubensbasis geschaffen, auf der die Weltkirche aufgebaut wurde.

Der Verkündigungsdienst (in welcher Form auch immer), den Pastoralreferenten und –Referentinnen dank ihrer Fähigkeit leisten ist oft wirksamer als der Verkündigungsbeitrag den Priester kraft ihres Amtes bieten. Diese Fakten weisen in die Richtung einer Lösung.

Wenn schon ein problematisch gewordenes Amtsverständnis und ein unvertretbares (weil unbiblisches) Kirchenverständnis eine Problemlösung verhindern, dann müssen die moralisch gebotenen Regeln des Notstandes angewandt werden. Die Kirche selbst hat die "Epikie" als ethische Berechtigung zur ausnahmsweisen Außerkraftsetzung von Gesetzen geschaffen, wenn dadurch ungerechter Schaden verhindert werden kann.

Der dazu erforderliche konstruktive und produktive Ungehorsam wird vom Kirchenrecht sogar gedeckt, weil *"das Heil der Seelen (...) in der Kirche immer das oberste Gesetz sein muß"*, (CIC, can. 1752). Im Übrigen ist der Interpretationsspielraum von CIC, can. 517§2 viel größer als allgemein angenommen wird. Zur Beschreitung der aufgezeigten Wege bedarf es der Kreativität, Flexibilität, Belastbarkeit, Beharrlichkeit und des Mutes. Wer diese Eigenschaften besitzt, wählt üblicherweise aber nicht die Kirche als Arbeitgeber.

Auch in der Kirche gibt es Idealisten und damit Ausnahmen. Diese sind zwar viel zu selten, lassen aber die Hoffnung nicht verkümmern, die gelegentlich sogar erfüllt wird.

Das skizzierte Bild von den Gemeinden entspricht dem Gesamteindruck, den die Kirche heute hinterläßt. Es ist selbstverständlich und soll nicht unerwähnt bleiben, daß es auch Ausnahmen bei Gemeinden, Klerikern und sog. Laien gab und gibt. Ich denke dabei nicht nur an überragende Persönlichkeiten wie Franziskus und Mutter Theresa, sondern auch an Christen, die ihren Glauben nachahmenswert leben und ihr Amt vorbildlich ausüben, aber nicht über ihren Wirkungskreis hinaus bekannt werden. Solche Ausnahmen erwecken Hoffnung und werden dankbar zur Kenntnis genommen.

Bei aller berechtigter Kritik an der Kirche ist sie doch unverzichtbar und unersetzlich und müßte, wenn sie es nicht gäbe, erfunden werden. Ihre Leistungen sollen und dürfen nicht unterbewertet werden. Vor allem hält die Kirche die Erinnerung an Jesus lebendig und dient dem Glauben durch Bewahrung und Tradierung, wenn auch manche Unzulänglichkeiten bisweilen ihr Verhalten verdunkeln.

Weil sich die Kirche für *"die Lehrerin* der *Wahrheit" (59)* hält, in der die *"einzige wahre Religion"* (60) verwirklicht ist, sowie die Vertretung göttlichen Willens und Unfehlbarkeit in Anspruch nimmt, muß sie an ihr Verhalten, den Maßstab anlegen lassen, den Jesus festgelegt hat. Dies ist der Grund, die Notwendigkeit und Rechtfertigung für Kritik an der Kirche.

5.6 Über die Ökumene

Der Schlüssel zur Ökumene liegt in Rom und scheint an der Kette der Unnachgiebigkeit zu hängen. Es entsteht der Eindruck, daß sich Rom als Opfer der Reformation fühlt und daher nichts für die Entwicklung der Ökumene zu unternehmen braucht. Schöne, aber belanglose Worte sollen schon als Zeichen guten Willens bewertet werden. Vergessen wird, daß sich nicht Luther von der Kirche getrennt hat, sondern er mit dem Bann belegt wurde, der heute noch nicht aufgehoben ist. Ignoriert wird auch die Tatsache, daß eine Reihe von Päpsten die Kirche auf einen Tiefstand der Moral, des Glaubens und der Glaubwürdigkeit gebracht hatte, der so oder so eine Reaktion auslösen mußte. Rom sollte eigentlich Luther dankbar sein und in seinem ehrenwerten, konsequenten, glaubensbestimmten und lebensgefährdenden Verhalten einen Fingerzeig Gottes sehen. Nach meiner Überzeugung hat der Papstkirche die sog. Gegenreformation mehr genutzt als die Reformation geschadet (61). Wäre der offenkundige Tiefstand der Kirche seinerzeit nicht überwunden worden, wäre sie vielleicht in die Bedeutungslosigkeit versunken. Im übrigen ist die gegenwärtige Krise der kath. Kirche in jeder Hinsicht größer als die von Luther ausgelösten Turbulenzen.

Nach dem Willen des Papstes soll ständig und inständig um die Ökumene gebetet werden. Er hofft wohl auf ein Wunder, das ihm die Korrektur der Fehler seiner Vorgänger erspart. Es liegt aber auch die Folgerung nahe, daß die Ökumene eine "Chefsache" ist, für die sich der "Stellvertreter" (Gottes) nicht zuständig fühlt. Dies würde auch die Tatsache erklären, warum offensichtlich keine Pläne für die Gemeinsamkeiten bestehen, die nicht von Dogmen und Dogmenähnlichen Hindernissen unrealisierbar gemacht werden.

Warum sollte aber Gott eingreifen, wenn sein "Statthalter", der zudem "unfehlbar" ist, die Sache in eigener Regie erledigen könnte und nur nicht will, weil seine Allmacht eingeschränkt und der Glanz seiner Einmaligkeit blasser würde.

"Diese Kirche (Christi), in dieser Welt als Gesellschaft verfaßt und *geordnet, ist verwirklicht in der katholischen Kirche, die vom Nachfolger Petri und von den Bischöfen in Gemeinschaft mit ihm geleitet wird. Das schließt nicht aus, daß außerhalb ihres Gefüges vielfältige Elemente der Heiligung und Wahrheit zu finden sind, die als* der *Kirche Christi eigene Gaben auf die katholische Einheit hindrängen"* (62).

Diese von Bescheidenheit oder Nachdenklichkeit ungetrübte Selbsterhöhung zur alleinigen bzw. einzigen KIRCHE, stammt nicht vom Konzil von Trient (1545-1563) und dem Geist der Gegenreformation, sondern vom vielgerühmten 2. Vatikanischen Konzil (1962-1965). Das obige Zitat ist ein anschauliches Beispiel für "alten Wein in neuen Schläuchen".

Die Römische Kirche ändert ihr Selbstbewußtsein nicht, weil Selbstkritik und ihre Konsequenzen mit päpstlicher Autorität ("Heiliger Vater" und Stellvertreter Christi=Gottes), der Unfehlbarkeit und der Tradition der Kirche (63) nicht zu vereinbaren ist. Die Darstellung ihres Selbstbewußtseins wandelt sich zwar zeitbedingt aus diplomatischer Klugheit in der Form, nicht aber im Inhalt. Nüchtern betrachtet kann Rom nicht, selbst wenn es wollte. Nur ein unvorstellbarer geistiger Kraftakt könnte eine Änderung bewirken und erfolgversprechende Perspektiven eröffnen. Das Römische System fördert aber keine Geistesgrößen, für die die Sache Jesu wichtiger ist als das Prestige und die Macht des "Heiligen Stuhls". Die Hoffnung richtet sich daher auf Ausnahmen wie Johannes XXIII (1958-1963).

Ein Trost, der als Hoffnung wirkt, darf nicht unterschätzt werden. Rom ist trotz seiner Bedeutung nicht *die* Kirche. *Die Kirche* sind ganz konkret die Gemeinden und die Menschen, die sie bilden. Damit wird Rom das Kirchesein nicht abgesprochen, wohl aber vor einer Überbewertung bewahrt.

Den Gemeinden ist der in Rom herrschende Geist, Gott sei Dank, fremd und sie haben daher zur Ökumene ein unverkrampftes Verhältnis.

Es ist erfreulich, wie weit die Ökumene in den Gemeinden schon gediehen ist. Wer noch die Verhältnisse in früheren Zeiten kennt, weiß den Fortschritt zu schätzen. Die Katholiken haben erkannt, daß auch die Protestanten Christen und keine Ketzer sind und daß es nicht um Konfessionen, sondern um die "Sache Jesu" geht. Sogar Pfarrer nutzen den vorhandenen Spielraum auf liturgischem Gebiet, was volle Anerkennung verdient. Der heute erreichte Grad an interkonfessioneller Wertschätzung und Zusammenarbeit an der Kirchenbasis, der ohne Zweifel noch gesteigert wird, war vor wenigen Jahrzehnten noch unvorstellbar.

Trotz gelegentlicher Bremsversuche aus Rom ist die ökumenische Weiterentwicklung in den Gemeinden nicht mehr aufzuhalten. Die ausgelöste Eigendynamik setzt sich fort und wird durch römische Störversuche, wie die Erfahrung zeigt, allenfalls noch verstärkt. Der Geist Gottes wirkt offensichtlich auch an der Basis der Kirche, da sonst das ökumenische Klimagefälle von den Gemeinden nach Rom nicht erklärt werden könnte.

Die Praxis der Ökumene ist Sache der Gemeinden und ihrer Glieder. Wie in anderen Glaubensdingen orientieren sich die Gläubigen auch bei der Ökumene mehr an ihrem Gewissen als an der Theorie aus Rom. Aus diesem Grunde ist die Ökumene -trotz allem- auf gutem Wege.

5.7. Empfehlung für Glaubensgespräche

Wenn die Entwicklung des Glaubens nicht mit der Zunahme der menschlichen Lebenserfahrung Schritt hält, vermag er seine Aufgabe als Orientierung für die Lebensgestaltung nicht zu erfüllen.

Das Wachstum des Glaubens erfolgt in horizontaler und vertikaler Richtung. Die Breite des Glaubens repräsentiert seine quantitative Dimension als Summe des Wissens und der Erkenntnisse. Die Tiefe des Glaubens äußert sich in seiner Qualität, die von erfassen, begreifen, verstehen und erahnen bestimmt wird. Zwischen der horizontalen und vertikalen Komponente des Glaubens soll eine Ausgewogenheit bestehen, die als Befriedigung empfunden wird.

Das Glaubenswachstum kann auf verschiedene Weise (Lektüre, Vorträge, Gespräche, Niederschrift von Gedanken, Meditation und Gebet) gefördert werden. Ob Gelegenheiten für und Bemühungen um die Glaubensweiterentwicklung ihren Zweck erfüllen konnten, ergibt die Beantwortung folgender Fragen:

- Habe ich neue Erkenntnisse gewonnen?
- Wurden alte Auffassungen bestätigt?
- Muß ich bisherige Vorstellungen überdenken?
- Haben sich bisherige Annahmen als unhaltbar oder falsch herausgestellt?

Jedes "Ja" ist gleich wertvoll und nützt der Wirksamkeit und Mündigkeit des Glaubens.

Am ergiebigsten für die Glaubensentwicklung sind Gespräche und Diskussionen. Sie dienen nicht nur dem Glauben, sondern schaffen und festigen auch Gemeinschaften. Der unersetzliche Vorteil liegt darin, daß nicht nur viele Aspekte aufgezeigt werden, sondern auch Mißverständnisse vermieden oder schon bei ihrer Entstehung ausgeräumt werden können.

Meine Darstellung der "Seligpreisungen" bietet sicher Ansatzpunkte für Gespräche und Diskussionen, die ich aus vorerwähnten Gründen sehr empfehle. Ich hoffe, daß auch mein Glaubens- und Kirchenverständnis den gleichen Zweck zu erfüllen vermag. Gern bin ich bereit, auf Rückfragen einzugehen und meine Ausführungen zu ergänzen oder zu präzisieren.

Erwin A. Schäffler

Im Grund 45, 89079 Ulm

Tel.:0731 - 4 54 33

eMail: SchaefflerErwinA@t-online. de

6. Anmerkungen

1 Lapide, Pinchas, Die Bergpredigt - Utopie oder Programm? Mainz, 1990, 35/36,

2 Lapide, Pinchas, Wie liebt man seine Feinde? Mainz, 1993, 78,

3 Katechismus der Katholischen Kirche, München u.a., 1993, S. 461, 1721,

4 s. Anm. 3, 1722,

5 Stauffer, Ethelbert, Jerusalem und Rom, Bern und München, 1957, 64,

6 Bornkamm, Günther, Jesus von Nazareth, Stuttgart u.a., 1988, 92,

7 Jesus fordert Vergebung die
– nach Häufigkeit und Inhalt unbegrenzt ist (Mt 18, 21-22),
– vor der Teilnahme am (Opfer)Kult erfolgt und sogar ohne Schuldempfindung versucht wird. (Mt 5,23-24),
– ohne Zögern vorgenommen und anstelle eines Gerichtsverfahrens durchgeführt wird (Mt 5,25).Ohne eine vorherige Vergebung/Versöhnung vergibt Gott die Sünden der Menschen nicht (Mt 6,14-15).

8 Küng, Hans, Die Kirche, Freiburg u.a., 1973, 57,

9 Holl, Adolf, Jesus in schlechter Gesellschaft, München, 1974,

10 Lapide, Pinchas, Ist die Bibel richtig übersetzt? Gütersloh, 1992, 119,

11 Hainz, Josef, Hrsg., Münchener Neues Testament, Düsseldorf, 1995,

12 Ulfig, Alexander, Lexikon der philosophischen Begriffe, Eltville, 1993, 144,

13 "Dann sprach Gott: "Lasset uns Menschen machen nach unserem Abbild, uns ähnlich;"

"So schuf Gott den Menschen nach seinem Abbild, nach Gottes Bild schuf er ihn, als Mann und Frau erschuf er sie" (Gen. 1,26-27) (14) S. Anm. 2, 78,

15 Ben-Chorin, Schalom, Bruder Jesus, München, 1992, 57,

16 "Kamel" ist falsch übersetzt. Die drastische Übertreibung, die in dem Größenverhältnis von Kamel und Nadelöhr liegt, gefährdet die Ernsthaftigkeit der Worte Jesu. Der Vergleich erscheint unbefriedigend, weshalb realistischere Deutungen gesucht werden. Eine häufige Erklärung sieht in dem "Nadelöhr" die Pforte – in der Form ähnlich einem Nadelöhr- für Fußgänger neben den großen Stadttoren.

Die folgende Erklärung von Pinchas Lapide zeigt, wie leicht bei einer Übersetzung ein Fehler entstehen kann, der nicht immer so folgenlos ist, wie bei einem "Kamel": "In unserem herkömmlichen Text des Evangeliums aber liegt ein entstellender Übersetzungsfehler vor. Auf aramäisch bedient Jesus sich nämlich eines geflügelten Wortes: '*Eher geht ein Schiffstau durch ein Nadelöhr, als ein Reicher in den Himmel kommt*'.

Wegen eines falschen Buchstabens im Originaltext wurde das Tau (gamta) aus dem Gleichnis zum Kamel (gamal) – und das Wortspiel erlitt eine arge Entstellung. (...) Durch die Wandlung des Taus in ein Kamel gingen der Witz und die Schlagkraft des Wortes verloren."

Lapide, Pinchas, Ist die Bibel richtig übersetzt? Band 2 Gütersloh, 1994, 54

17 siehe Anm. 2, 78,

18 Lapide, Pinchas / Weizäcker, Carl Friedrich von, Die Seligpreisungen — Ein Glaubensgespräch Stuttgart, München, 1980, 67,

19 In dem Sprichwort "was du nicht willst, das man dir tu', das füge keinem andern zu"! Kann die Lebensweisheit wiedererkannt werden, die Tobit seinem Sohn Tobias weitergab: "Was du selber nicht liebst, das tue auch keinem andern an" (Tob. 4,14)!

Nach der Überlieferung hat schon Konfuzius (um 551-479 v.Chr.) im Prinzip 'shu = Gegenseitigkeit' die Forderung aufgestellt: "Tu nicht anderen, was du nicht willst, daß sie dir antun".

Der dem römischen Kaiser Alexander Severus (208-235) zugeschriebene Ausspruch "*Quod tibi fieri non vis, alteri ne feceris*"! ("*Was du nicht willst, dass man dir tu, das füg' auch keinem andern zu*!") liegt auf der gleichen ethischen Linie.

Kirchberger, J.H., Hrsg., Das große Krüger Zitatenbuch, München, 1977, 420, "913"; 219, "16"; 20, "1",

20 S. Anm. 15, 58,

21 – Petrus wird von Jesus mit dem Beinamen "Barjona" (Mt 16,17) bezeichnet.

Dies war ein "landläufiges Schmähwort für die Zeloten" im Sinne von "Außenseiter", "Geächteter" oder "vogelfrei". Petrus hatte auch ein Schwert, das den Juden verboten war und mit dem er bei der Gefangennahme Jesu dem Malchus, Knecht des Hohenpriesters, das rechte Ohr abgehauen hatte (Joh. 18,10).

– Jakobus und Johannes, den Söhnen des Zebedäus gab Jesus den Beinahmen "Boanerges", d.h. "Donnersöhne" (Mk 3,17), was nicht gerade auf lammfrommes Verhalten schließen läßt.

Aus Verärgerung über verweigerte Unterkunft in einem samaritischen Dorf fragten sie Jesus: "*Herr, sollen wir befehlen, daß Feuer vom Himmel fällt und sie vernichtet*" (Lk 9,54)? Dies ist in den Evangelien ihre einzige Erwähnung, die nicht gerade ein Zeichen von Friedfertigkeit ist.

– Simon der Zelot wird in Lk 6,15 ausdrücklich so genannt, in Mk 3,18 und Mt 10,4 heißt er Simon Kananäus, was auch Simon "der Zelot" oder "der Eiferer" bedeutet.

– Iskariot der Beiname von Judas, der in die Geschichte als Verräter Jesu eingegangen ist, wird verschieden gedeutet.

Eine Deutung, geht auf "sica", den Kurzdolch zurück, der von den "Dolchmännern" der Zelotenpartei lat. "sikkarius" getragen wurde.

Lapide, Pinchas, Wer war Schuld an Jesu Tod?, Gütersloh, 1987, 18-20,

22 S. Anm. 18, 70,

23 S. Anm. 11,7,

24 S. Anm. 2, 79,

25 S. Anm. 3, 616, „2447",

26 Haag, Herbert,
Worauf es ankommt – Wollte Jesus eine Zwei-Stände-Kirche? Freiburg, 1997, 48,

27 Die Kultkritik Jesu "Barmherzigkeit will ich, nicht Opfer" (Mt 9,13; 12,7) hat schon der Prophet Hosea (Osee) vorgebracht: "D*enn Bundestreue ist mir lieber als Schlachtopfer, Erkenntnis Gottes lieber als Brandopfer*" (Hos. 6,6)!

Isaias (Jesaja) ging mit dem Opferkult ebenfalls hart ins Gericht, wie folgendes Beispiel zeigt: "*Wozu soll mir die Menge eurer Schlachtopfer dienen?*", so spricht der Herr. "*Der Widder Brandopfer habe ich satt und der Mastkälber Fett; der Farren, der Lämmer, der Böcke Blut, es sagt mir nicht zu!*" (Is 1,11)

Auch Amos war ein Kritiker des oberflächlichen Kultes, wie folgende Verse aus dem 5. Kapitel des Buches Amos erkennen lassen:

21. "*Ich hasse, verschmähe eure Feste, eure Feiern mag ich nicht riechen.*

22. Ja, wenn ihr Brandopfer darbringt, so gefallen mir eure Gaben nicht, und eure Mastviehopfer will ich nicht sehen.

23. Hinweg von mir mit der lärmenden Menge deiner Lieder, das Spiel deiner Harfen will ich nicht hören!

24.Vielmehr flute wie Wasser das Recht, Gerechtigkeit wie ein nie versiegender Bach!"

28 S. Anm. 18, 80,
29 S. Anm. 18, 82-83,
30 S. Anm. 18, 80-84,
31 S. Anm. 18, 84,

32 Herder-Lexikon Symbole, Freiburg u.a., 1994, 153 "Sieben",

33 S. Anm. 18, 89-90,

34 S. Anm. 18, 91,

35 DUDEN, Die Sinn- und sachverwandten Wörter, Mannheim u.a., 1972, 454, "meinetwillen/meinetwegen",

36 Drehsen, Volker, u.a., Hrsg., Wörterbuch des Christentums Gütersloh u.a., 1995, "Jakobusbrief", 535

37 "Die dogmatische Konstitution über die Kirche 'Lumen Gentium' " (11)
Rahner, Karl; Vorgrimler, Herbert; Kleines Konzilskompendium, Freiburg ,u. a., 1972, 135

38 Die fünf Bücher Mose, mit denen die hebräische Bibel beginnt, werden als Pentateuch (griechisch "penta" = fünf) bezeichnet. Sie enthalten:

1 Genesis (Gen)
"Entstehung" (der Welt und der Anfänge Israels)
2 Exodus (Ex)
"Auszug" (Israels aus Ägypten)

3 Levitikus (Lev) "Levitenbuch" (priesterliche, levitische Ordnungen)

4 Numeri (Num) "Zählungen" (der Stämme und Sippen Israels)

5 Deuteronomium (Dtn) "Zweites Gesetz" (Wiederholung des mosaischen Gesetzes)

39 "Denn wir sind überzeugt, daß der Mensch gerecht wird ohne die Werke des Gesetzes, allein durch den Glauben". (Luther-NT, 1975)

"Denn wir sind der Überzeugung, daß der Mensch gerecht wird durch den Glauben, unabhängig von Werken des Gesetzes". (Einheitsübersetzung DAS NEUE TESTAMENT, 1993)

"Denn wir urteilen, daß gerechtgesprochen wird durch den Glauben ein Mensch ohne Werke (des) Gesetzes". (Münchener Neues Testament, Studienübersetzung, 1995)

40 Lapide, Pinchas,
Paulus zwischen Damaskus und Qumran – Fehldeutungen und Übersetzungsfehler,Gütersloh1995, 74.

41 Bestand an Atomsprengköpfen
der offiziellen Nuklearmächte im Jahr 2000

Russland	20.000 Stück
USA	10.500 Stück
Frankreich	450 Stück
England	185 Stück
China	400 Stück
	31.535 Stück

Ab Dezember 2001 soll gemäß einer Vereinbarung der Bestand der USA und Russland auf jeweils 6 000 Atomsprengköpfe reduziert werden.
(DER SPIEGEL, Nr. 48/27.11.2000, S. 289)

42 S. Anm. 10, 122,

43 Lapide, Pinchas,
Er predigte in ihren Synagogen-Jüdische Evangelienauslegung, Gütersloh, 1982, 52.

44 Barabbas, den die Juden bei der jährlichen Passa-Amnestie (Mt 27,15: Mk 15,6: Joh 19,39) anstelle von Jesu freihaben wollten, war nach Mk 15,7 und Lk 23,19 ein Aufrührer und Mordbeteiligter (was einem "Räuber" im Sinne der Römer entspricht) und nach Joh 18,40 ein Straßenräuber.
Die Männer, die mit Jesus gekreuzigt wurden, waren Räuber" (Mt 27,38: Mk 15,27) und "Verbrecher" (Lk 23,33), was ebenfalls auf "Räuber" schließen läßt.

45 S. Anm. 18, 88,

46 Zahrnt, Heinz
Gotteswende - Christsein zwischen Atheismus und Neuer Religiosität, München, 1989, 185/186.

47 S. Anm. 36, "Bergpredigt" (D), S. 139,

48 S. Anm. 6, 197 / 198,

49 S. Anm. 1, 7,

50 S. Anm. 6, 197,

51 Bieritz, Karl-Heinrich, Grundwissen Theologie: Die Bibel, Gütersloh, 1966, ("Streit um die Auslegung") 62 / 63,

52 S. Anm.1, 9 / 10,

53 Die Exegeten sind sich uneinig, ob die Predigt vom "Weltgericht" tatsächlich von Jesus stammt. Der Verdacht ist nicht von der Hand zu weisen, daß sich

der Verfasser des Matthäusevangeliums der Autorität Jesu bedient hat, um seinen Worten unaufwiegbares Gewicht zu verleihen. Der Grund könnte gewesen sein, daß die Glaubensverwirklichung im Umfeld des Mt einer grundsätzlichen Korrektur bedurfte.

Die Erforschung der Urheberschaft ist eigentlich müßig. Die Mißachtung des Hauptgebots muß logischerweise die größte Strafe nach sich ziehen. Die im "Weltgericht" zum Ausdruck kommende Konsequenz der Logik entspricht der Bedeutung des Hauptgebots und liegt damit im Sinne Jesu. Es ist daher unwesentlich, von wem die Predigt vom "Weltgericht" stammt.

54 "*Du sollst dir kein Schnitzbild machen, noch irgendein Abbild von dem, was droben im Himmel oder auf der Erde unten oder im Wasser unter der Erde ist*" (Ex 20,4)!

55 Ludwig Feuerbach (1804 -1872) ging in seiner Kritik am Christentum sogar so weit, daß er in Umkehrung von Gen. 1,26 die Auffassung vertrat: "*Nicht Gott hat den Menschen, sondern der Mensch hat sich seinen Gott nach seinem eigenen Ebenbild erschaffen*". Fischl, Johann, Geschichte der Philosophie, Graz, u.a., 1964, S. 380.

56 Speicher, Günter, doch sie können IHN nicht töten-Forscher und Theologen auf den Spuren Jesu, Düsseldorf, u.a., 1966, S. 17-20,

57 Ott, Ludwig, Grundriß der Dogmatik, Freiburg u.a., 1970, S.189,

58 Ich verwende grundsätzlich nicht die Worte "Pfarrgemeinde" und "Pfarrei". "Pfarrgemeinde" ist nach der Bedeutung des Wortes "Gemeinde des Pfarrers", also gewissermaßen sein Besitz oder das Objekt seiner Verfügung. Der Pfarrer ist aber für die Gemeinde da - und nicht umgekehrt.

Nach der Wortbedeutung ist "Pfarrei" -analog zu den handwerklichen Gewerbebetrieben, wie z.B. Schlosserei- der Betrieb des Pfarrers. Wenn auch früher viele Pfarrer die Gemeinde wie "ihren Betrieb" behandelt haben und heute es noch manche tun möchten, so entspricht doch "Pfarrei" und "Pfarrgemeinde" weder dem biblischen noch dem heutigen Kirchenverständnis.

Im übrigen sollte mit der Sprache sorgsam umgegangen werden. Sie ist einerseits Ausdruck des Bewußtseins und andererseits maßgebend an der Bewußtseinsbildung beteiligt.

59 "Denn nach dem Willen Christi ist die katholische Kirche die Lehrerin der Wahrheit".
"Die Erklärung über die Religionsfreiheit 'Dignitatis Humanae' ", 14, 2. Vatikanisches Konzil,

60 "Diese einzige wahre Religion, so glauben wir, ist verwirklicht in der katholischen, apostolischen Kirche, die von Jesus dem Herrn den Auftrag erhalten hat, sie unter allen Menschen zu verbreiten".
"Die Erklärung über die Religionsfreiheit ..." 1,

61 "Luther, dies Verhängnis von Mönch, hat die Kirche, und, was tausendmal schlimmer ist, das Christentum wiederhergestellt, im Augenblick, wo es unterlag... ."
"Die Katholiken hätten Gründe, Lutherfeste zu feiern, Lutherspiele zu dichten... ."
Nietzsche, Friedrich, Der Fall Wagner, 2,

62 "Die dogmatische Konstitution über die Kirche ‚Lumen Gentium' ", 8, 2. Vatikanisches Konzil,

63 "Die Römische Kirche hat sich nie geirrt und wird nach dem Zeugnis der Schrift nie in Irrtum

fallen." Aus dem kirchenpolitischen Programm des "Canossa-Papstes" Gregor VII. (1073-1085) "Dictatus papae", These 22.

Das Gleichnis von den Arbeitern im Weinberg:

20 Denn mit dem Himmelreich ist es wie mit einem Gutsbesitzer, der früh am Morgen sein Haus verließ, um Arbeiter für seinen Weinberg anzuwerben. [2]Er einigte sich mit den Arbeitern auf einen Denar für den Tag und schickte sie in seinen Weinberg. [3]Um die dritte Stunde ging er wieder auf den Markt und sah andere dastehen, die keine Arbeit hatten. [4]Er sagte zu ihnen: Geht auch ihr in meinen Weinberg! Ich werde euch geben, was recht ist. [5] Und sie gingen. Um die sechste und um die neunte Stunde ging der Gutsherr wieder auf den Markt und machte es ebenso. [6]Als er um die elfte Stunde noch einmal hinging, traf er wieder einige, die dort herumstanden. Er sagte zu ihnen: Was steht ihr hier den ganzen Tag untätig herum? [7]Sie antworteten: Niemand hat uns angeworben. Da sagte er zu ihnen: Geht auch ihr in meinen Weinberg!

Lev 19,13
Dtn 24,15

[8]Als es nun Abend geworden war, sagte der Besitzer des Weinbergs zu seinem Verwalter: Ruf die Arbeiter, und zahl' ihnen den Lohn aus, angefangen bei den letzten, bis hin zu den ersten. [9]Da kamen die Männer, die er um die elfte Stunde angeworben hatte, und jeder erhielt einen Denar.

[10]Als dann die ersten an der Reihe waren, glaubten sie, mehr zu bekommen. Aber auch sie erhielten nur einen Denar. [11]Da begannen sie, über den Gutsherrn zu murren, [12]und sagten: Diese letzten haben nur eine Stunde gearbeitet, und du hast sie

uns gleichgestellt; wir aber haben den ganzen Tag über die Last der Arbeit und die Hitze ertragen. [13]Da erwiderte er einem von ihnen: Mein Freund, dir geschieht kein Unrecht. Hast du nicht einen Denar mit mir vereinbart? [14]Nimm dein Geld und geh! Ich will dem letzten ebensoviel geben wie dir. [15]Darf ich mit dem, was mir gehört, nicht tun, was ich will? Oder bist du neidisch, weil ich (zu anderen) gütig bin?
[16]So werden die Letzten die Ersten sein und die Ersten die Letzten. (Mt 20,1 - 16)

19,30
Mk 10,31
Lk 13,30

Quellenangabe der Bibelzitate

— Neues Testament:
Einheitsübersetzung der Heiligen Schrift
-DAS NEUE TESTAMENT-
Stuttgart, 1993,
— Altes Testament:
DIE HEILIGE SCHRIFT
des Alten und Neuen Testamentes
Hamp, Vinzenz, u.a. Herausgeber, Aschaffenburg, 1973.

In diesem Buch wird die Grundlage, Vorbereitung, Durchführung und Leitung eines Besuchsdienstes für Gespräche, Begleitungen und Besorgungen beschrieben. Dieses ehrenamtliche Engagement, das nicht Dienste der sog. Nachbarschaftshilfe umfaßt, soll in den Fällen erfolgen, in denen soziale Einrichtungen nicht zuständig sind.

Dieses Buch (14,5x22 cm, 127 Seiten) ist, solange Vorrat reicht, zum Preis von dem € 7,50 einschl. Porto, vom Autor (s.S. 137) zu beziehen.